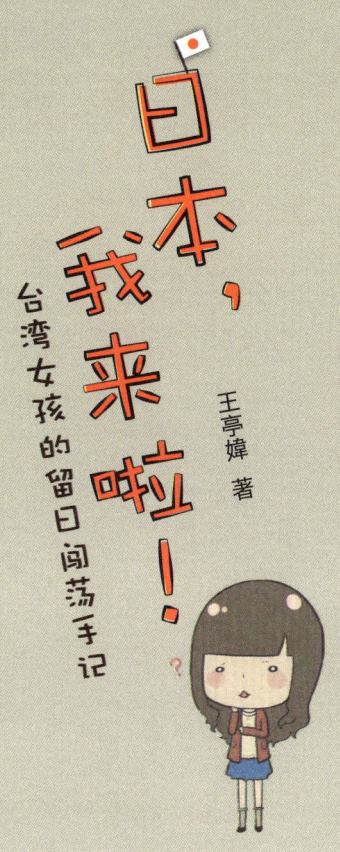

日本，我来啦！
台湾女孩的留日闯荡手记

王亭婷 著

重慶出版集團 重慶出版社

版贸核渝字（2014）第15号

本书中文繁体字版本由城邦文化事业股份有限公司电脑人文化/创意市集在台湾出版，今授权重庆心翼文化传播有限公司（重庆出版社有限公司社科中心）在中国大陆地区出版其中文简体字平装本版本。
该出版权受法律保护，未经书面同意，任何机构与个人不得以任何形式进行复制、转载。
项目合作：锐拓传媒 copyright@rightol.com

图书在版编目（CIP）数据

日本，我来啦！/王亭婹著.--重庆：重庆出版社，2016.6
ISBN 978-7-229-10822-9

Ⅰ.①日… Ⅱ.①王… Ⅲ.①游记－作品集－中国－当代 Ⅳ.①I267.4
中国版本图书馆CIP数据核字(2015)第305066号

日本，我来啦！
RIBEN, WO LAILA!

王亭婹 著

责任编辑：郭莹莹
责任校对：李小君
特约插画：阿兹雷尔
美术编辑：江丽姿
封面设计：韩衣非

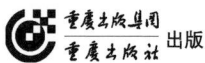出版

重庆市南岸区南滨路 162 号 1 幢　邮政编码：400061　http://www.cqph.com
重庆市国丰印务有限责任公司印刷
重庆出版集团图书发行有限公司发行
E-MAIL:fxchu@cqph.com　邮购电话：023-61520646

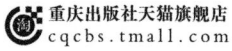

全国新华书店经销

开本：880mm×1230mm　1/32　印张：4.5　字数：123千
2016 年 6 月第 1 版　2016 年 6 月第 1 版第 1 次印刷
ISBN 978-7-229-10822-9

定价：32.00 元

如有印装质量问题，请向本集团图书发行公司调换：023-61520678

版权所有　侵权必究

前言

　　能够出这本书，真的要感谢太多人，还得先追溯到大四那年。对我而言，大四那年是很凄惨却也是因此改变我人生的一年，先是研究生落榜，接着是男朋友跟我的某位女性朋友跑了。因为这些不顺遂，我才开始计划一个人去东京的旅行，所以首先我要感谢的就是那对情侣。

　　一个人的旅行，让我更加感受到旅行的乐趣，也结下许多缘分。怎么能料到飞机上坐在自己身旁的乘客，刚好就是我大学教授的挚友？怎么能料到走在日本街头遇到的台湾情侣，他们往后竟会是我的大恩人，甚至还成为同学？更料不到自己竟然因为一个人的旅行而有了更大的勇气，想要出国留学。如今回想这一切，却又觉得似乎都是冥冥之中注定好的。

　　决定去东京留学后，从泪洒机场那天（离开台湾）到还是泪洒机场的那天（离开日本），一共是 425 个日子。我常在脸书分享到处游玩的照片，大家以为我好像都在玩，过得很快乐惬意，其实我可是很认真念书的呢！（大力澄清）为了省吃俭用，日子其实过得并不轻松，但我总对自己说：**"既然都来到这里了，那就要用力地过每一天！"** 于是开始写起博客记录在日本生活的点滴，也谢谢博客读者们的支持，让我更有动力提笔与大家分享更多所见所闻。

　　这段留学生活，让我有机会深入体验日本文化、观察日本，不管是好的、坏的，都希望大家能够和我一起以轻松愉快的心情，感受这段冲动得有点莫名其妙的留学观察手记。

　　最后，感谢爸妈愿意让我这个任性的女儿只身前往异国，也谢谢昔日一同在日本打拼的朋友们，以及辛苦的编辑们。

Contents 目录

Chapter 01 交通，什么情况？

- 002 拼命跳上跳下的沙丁鱼电车
- 008 不管多累都要把脚踏车骑回家
- 010 五花八门的先进小黄车
- 013 会说话的救护车和警车

Chapter 02 饮食，什么情况？

- 016 又活又跳最新鲜
- 019 就算天气再冷也要加满冰块
- 022 难以下咽的珍珠奶茶
- 026 没有玉米浓汤的速食店
- 030 围兜兜拉面店
- 032 总之先来杯啤酒

Chapter 03 娱乐，什么情况？

- 036 一个人也可以很嗨的卡拉OK
- 038 鸦雀无声的电影院
- 040 无所不在的AV星探
- 043 不会笑的新闻主播
- 045 彻底M的搞笑艺人
- 047 Column 喷饭对话篇

Chapter 04 生活，什么情况？

- 052 一点也不便利的便利商店
- 055 完全无法松懈的女厕战场
- 058 在书店站到腿酸还是坚持不买
- 061 台风再大都阻止不了上班族
- 063 永远以客为尊的服务态度
- 066 各种名目的黑心账单
- 069 什么都卖的自动贩卖机

Chapter 05 住家，什么情况？

074 全都缩小一号的房间
077 垃圾分类考倒你
080 隔三差五来敲门

Chapter 06 穿着，什么情况？

086 尖头鞋才是王道
090 活在异世界的少女
094 比大人还时尚的小孩

Chapter 07 打工，什么情况？

098 面试官的怪问题
102 外拍模特儿的世界
105 出现了！色眯眯老板

Chapter 08 文化，什么情况？

108 你到底在想什么？
110 杂七杂八的敬语礼节
112 意外贴心的一面
115 你真的在说英文吗？
118 让人瞪大眼的搭讪方式

Chapter 09 恋爱，什么情况？

122 为了得到他的心，什么事都做得出来的日本女
126 所谓的大男人主义
130 难懂的日式浪漫
133 Column 喷饭对话篇

Chapter 01
交通，什么情况？

拼命跳上跳下的沙丁鱼电车

自从这学期的上课时间从下午调到上午后,原本可以睡到自然醒的悠闲步调,就突然变成冒着生命危险也要挤进满员电车的悲惨日子了。大家应该都知道,日本高峰时刻的电车是相当恐怖的,痛苦指数爆表。上班族无论如何都会想尽办法挤进电车,就算关门警示音响起时双脚还在车外,但当车门关起的那瞬间,还是可以顺利缩进去(惊)。一开始我觉得还好,因为撑个两站就到学校了。可是一到夏天,不得不跟汗流浃背的秃头阿伯面对面贴在一起,完全可以感受到他的呼吸气息时,当下满脑子只想着"**干脆让我窒息算了**"。更要命的是,夏天实施节电政策,早上的电车冷气都不会开太强,所以可以看到无论车厢再挤,都要拿出扇子跟毛巾降温的人们。

运用"无论车厢再挤,都……"来照样造句好了!除了上一段提到扇风擦汗的举止外,最神奇的就是无论车厢再挤,日本人都能看书和传简讯!内容都被我看光光了还不知道,而且书本就算包上书套也根本没用嘛(还是他们压根儿不在意?)。顺道一提,在日本的书店买书时,店员会主动帮书本包上纸书套,一来避免书本被弄脏,二来保护读者隐私。究竟需要遮掩什么?根据某位中年日籍友人透露:"这样才可以看色色的东西。"我心想:"那你干嘛不回家痛快看个够就好了?"

在日本的电车上可以吃东西喝饮料,但却不能讲手机,跟台湾的捷运规定刚好相反。虽说在日本没什么人会打电话给我,但当电话显示来电的那瞬间,还是会手痒超想接。矛盾的是,日本人在电车上讲话聊天的音量是讲手机的好几万倍!尤其是每到周末夜,电车上常见全身酒味、腿张开开的日本妹,把鞋子也脱掉大肆聊天的景象。相较之下,台湾的捷运干净多了,只是有些人似乎把捷运当成自己家,在电话里直接跟对方吵架或是边讲边流泪的大有人在。某次搭台北捷运时,坐我旁边的女孩突然边讲电话边啜泣了起来,正当我犹豫着要不要递张面纸给她时,才发现那是装出来的,因为只要没在讲电话,她的呼吸就是正常的。

↑ 明明就是女性专用车厢。

沙丁鱼电车跟不能讲手机都还算可以忍受，我觉得最麻烦的是储值卡的使用方式，一旦储值卡的余额不足，无情的验票闸门就会立刻阻挡去路。台湾的捷运还可以先从退卡费里预扣，进站后再去充值就好了，有些公车司机甚至不会刻意刁难糊涂虫，只会好心提醒下次再还就好了。东京的生活步调可说是出了名的快速，但却没为赶时间的旅客多加设想，真是一大残念啊。

　　排名第二麻烦的就是电梯超级难找，常常设置在莫名其妙的地点！之所以会这样，是因为东京的电车路线规划从很早期就开始了，而电梯是后来才新增的设施。因为找电梯很花时间，所以大家都宁愿很辛苦地把笨重的行李搬上楼梯。我刚到日本的第一天，就曾提着20公斤重的行李爬上楼梯，有个日本婆婆突然伸出援手对我说："**虽然我老了，但是还是有力气的喔！**"那一刻我真的好感动，对于"东京很冷淡"的既定印象完全改观。（后来才发现婆婆是例外……）

第三名则是人人闻之色变的"**痴汉**"！在我出发前往日本之前，心爱的空姐好友就送给我一瓶防狼喷雾，我很庆幸防狼喷雾还没有机会派上用场，反倒是前阵子班上的清秀男同学不幸惨遭咸猪手袭击……下午时间三点整，一名男留学生在回家途中的电车上，伫立在门旁，突然出现一名身材微胖的中年日籍男子靠近，并且伸手触摸学生腿部。学生一开始并未察觉，直到日籍男子再度伸手袭击，这次就快要逼近重要部位，当下学生甩开男子的手并且气愤下车。据了解，男学生还没有交过女朋友。（我可是有得到当事人同意才写的。）

那么，为什么这篇标题写着"**拼命**""**跳下**"呢？因为很多想不开的日本人就这样跳轨寻短了，有朋友甚至因为这类事件，导致电车误点而几乎每天迟到。站在月台上等车时，也常可以看到跑马灯上显示"**人身事故**"，而这几乎需要半小时以上的事故排除时间。根据日本的法律规定，跳轨自杀的死者家属必须支付庞大罚金给铁道公司。尽管如此，几乎每天都还是有人跳。需要注意的是，"人身事故"不一定等于有人意图跳轨，有可能是色色漫画看得太入迷而跌入月台，也有可能是喝醉酒不小心掉下去，更有可能是宅男顾着玩PSP就扑通一跳了。

当然，日本电车还是有它可爱的一面。现在在台湾已经看不到行驶在马路上的路面电车，在东京还残留着一两条路线。每当心情特好或是特差时，我都会去搭路面电车，一日乘车放题（即为"一日自由乘车券"）只要400日币，超级划算。路面电车的魅力在于跑得慢，慢到会让人怀疑自己真的在东京吗？车上不是老人就是学生，还有像我这种凑热闹的观光客。电车行驶在马路上，一样要等红绿灯，起动时车长会按铃发出叮叮声响，所以它还被称为叮叮车。沿途的景色纯朴，没有新宿或涩谷的繁华，是一个可以让人完全放松的小空间。也许是因为这样，我总觉得搭路面电车的日本人比较友善，不知道是不是我的错觉？！

此外，JR 山手线有一个特色就是每一站的促发音乐都不一样，哪像台铁火车快关门时只有长到不行的警铃声。我每天通勤上学的高田马场站，促发音乐就是阿童木的主题曲，因为阿童木的诞生地——手塚治虫的工作室——就在这里喔！

↑高田马场站附近的壁画。

不管多累都要把 脚踏车 骑回家

在日本，除了机车跟汽车会被拖吊之外，就连脚踏车也难以幸免，甚至还有脚踏车纠察队（我自己取的绰号）。骑着脚踏车的纠察队员会在路上巡视，只要发现脚踏车违规乱停或是两人共乘（大人载小朋友除外）的情况，马上赏你一张罚单。如果你以为日本人都很守法，那可就大错特错啰！走在路上经常可见日本人共乘脚踏车的情况。当他们眼尖发现远方有绿色纠察队出没，后座乘客就会当机立断，跳车。所以事实证明，**日剧跟电影里的男女主角甜蜜共乘一台脚踏车的纯爱戏码，都·是·骗·人·的！**

如果脚踏车即将被拖吊的时候，你刚好人不在现场，很抱歉，脚踏车将会被载往暴远的拖吊保管场，大约是搭捷运从台北车站到淡水的时间。我有一个台湾朋友刚来日本时，花了2000日币买了一台二手脚踏车，原本很开心地停放在车站附近，没想到晚上正要回家就收到无情的罚单。当

晚东京下了一场不小的雪，朋友好不容易找到拖吊保管场，更残酷的是罚金3000日币（比脚踏车还贵）。由于拖吊保管场实在离家里很远，他还试图拜托附近的宅急便公司帮他把脚踏车运回家，结果马上就被拒绝了，于是只好一边吹着寒风一边流着快变成冰棒的鼻水，把脚踏车骑回家。有了这回惨痛的教训后，他买了新的脚踏车并且乖乖停在月租停车场。

　　顺道一提，根据班上韩国同学的说法，他们对于日本感到最惊讶的事情就是：女高中生穿着短到不能再短的制服裙，但却能自由自在或是赶着投胎似的骑着脚踏车。看到这边，想必男生们都心生向往了吧！"无论裙子再短，都绝对不会穿帮"，这就是日本女生厉害的地方……除非恶作剧故意绊倒她们吧？

☆ 五花八门的 先进 小黄车 Taxi

虽然已经在东京待了好一阵子，可是对于"**计程车会自己关门**"这件事还是很不习惯，而且如果就这样被司机载往深山卖了该怎么办？当然，这种白痴担心是多余的，东京的计程车司机才懒得跟客人聊天说话，更不会透过后照镜偷看后座乘客。然而，大阪的司机却恰恰相反，常常会跟客人聊到忘我，甚至经过了目的地还浑然不觉。因为还不习惯会自己关门的先进小黄车，我下车时还是会很用力地"**砰**"一声，大力关上车门，我想司机应该差点被我吓死了吧！

那台湾的计程车呢？曾经有司机因为在车上设置卡拉OK供客人欢唱而登上新闻媒体呢！

而差点"把"我吓死的是计程车的跳表器！东京计程车的跳表是从 710 日币起跳，而京都计程车则是六百多日币起跳，第一次知道的时候真的是会当场大叫"**哈？**"。听说这怪数字的由来，是因为"710"跟"纳豆"的日文发音相似，但是纳豆跟计程车一点关系也没有啊！

在东京，要招到计程车的前提是要排队，而且日本人还特别规划出专门用来招计程车的区块。虽然这样很有秩序，但是这样对赶时间的人而言还真不方便。在台湾，只要你随便招手就会有计程车停下来，就算是两台以上的计程车同时停在你面前，也都见怪不怪。有一次朋友难得来东京玩，没想到运气超好遇到超难得的四月台风（叹～），我们边淋雨边在路边招计程车，一路从东京铁塔坐到中野，平常只需要半个小时就能抵达，但是因为台风的缘故，路况较差，花了一个小时总计四千多日币才安全抵达。

那到底值不值得花这么多钱搭计程车呢？答案是肯定的。日本的小黄车司机不会故意绕远路，车上都有安装导航系统，虽然车内气氛有点安静过头了，但是司机个个穿西装又梳油头（其实司机的平均月薪也有20万日币以上），赏心悦目多了。最重要的是，日本的马路真的很平稳，我总觉得台湾机车族都有当越野赛车手的天分与实力。

> 日本的计程车有各种颜色，分别代表不同的公司。此外，关西的计程车的车顶，甚至会出现星形跟爱心形状的招牌。

会说话的救护车和警车

日本的治安还算良好,但是每次经过派出所前面看到公告的死伤人数,都还是会怕怕的。

每天 24 小时都可以听到救护车的广播声!日本的救护车在通行的同时会广播,广播内容大概就是"请车辆注意,因为救护车要通过"等等。最令我感到困惑的一点是,救护车明明是分分秒秒都不能浪费的救命工具,但它的车速却意外地慢到令人傻眼。有一次朋友来日本旅行时突然晕倒在路上,虽然叫了救护车,但却迟迟没来,总算等到救护车了之后,救护人员却一点也不紧急,而是慢慢地将她抬上车。

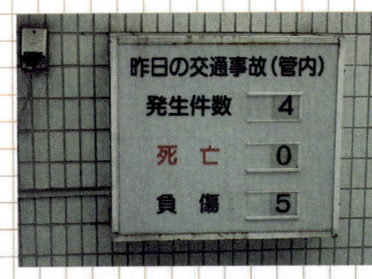

至于警车,如果你把车乱停在路边,挡住别人的去路,又好死不死有人打电话投诉,警车就会立刻开过来,用扩音器广播把你的车牌念出来,要求你移车。我不是车主,但常因为这种扰人的广播从睡梦中被吵醒!难道车主不会留下电话号码方便联络吗?说到这点,还是台湾人比较聪明,也或许是因为日本人天生"想太多"的个性,才会不轻易让人知道自己的电话号码吧。

还有另一种警车代表，就是巡警专用脚踏车，后面还会附上一个小箱子。每当看到巡警专用脚踏车，我总不禁想噗嗤一笑，这样真能抓到坏人吗？偏偏巡警都很尽责又和蔼可亲。我曾经在银座迷路，原本想走到日比谷公园，但却一直在名牌大街上鬼打墙，不得已只好找巡警求救。一脸严肃的巡警从小箱子拿出超级复古式地图，详细告诉我该怎么走，担心我听不懂还一直问："真的知道了吗？真的知道了吗？那要小心喔！"当时，立刻对日本巡警印象大加分，虽然我一点也看不懂那个复古地图。至于在东京找地址的方式，那又是另一件令人崩溃的事了……

Chapter 02
饮食，什么情况？

又活又跳最新鲜

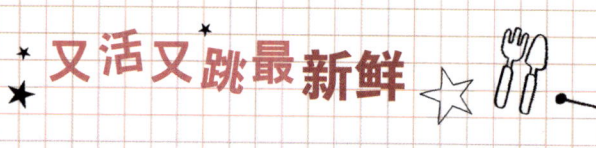

日本生鱼片的美味程度，闻名全世界！只要一提到生鱼片，脑中就会浮现鼎鼎大名的"筑地市场"。凌晨三点就有人慕名前来排队朝圣，只为了品尝新鲜生鱼片。话虽如此，我却从未去过筑地市场，因为我不敢吃生的食物……

我身边的朋友，不管是日本人还是留学生，所有人听到我的说词之后都是同一个反应："哈？太浪费了吧！那你来日本干吗？"我也想豪迈地一口就把生鱼片塞进嘴里呀，可是之前曾在台湾吃过已经酸掉的寿司，就这样跟美食擦身而过。后来，有次心想"既然都到日本了，还是鼓起勇气尝尝看吧！"抱持着这样的期待心情前往旋转寿司店，将寿司蘸点酱油放进嘴里的那瞬间，嗯……我果然不喜欢这东西，虽然食物新鲜，但我就是无法接受生鱼片那软绵绵的肉质口感。唯一使我感到兴奋的就是——生鱼片会坐在"新干线"上送到客人面前。

日本，我来啦～～～！
台湾女孩的留日闯荡手记

对日本人而言，无论什么食物都是生的最新鲜。直接在田里把高丽菜拔起来生吃，很正常；在船上把捕到的鱼立刻杀来吃，更是一大幸福。最近，日本更兴起一股吃生马肉的风潮，我曾看过电视上的记者访问饲养食用马的主人，主人说："**虽然我不吃自己养的马，可是马肉真的很好吃！**"我也曾在用餐时，看过章鱼盖饭上面的完整章鱼还活跳跳地跳出碗外的景象，而且更夸张的是，就算师傅把章鱼头砍下来后，脚还是会动来动去的！这教人怎么吃啊？总之，让客人亲眼目睹屠杀食材的过程，是日本师傅的骄傲和证明食材新鲜的绝招。

另一个令我难以接受的食物是生鸡蛋。日本的吉野家系列牛肉盖饭店所提供的早餐内容和台湾大大不同，就只给你一颗蛋、一碗饭以及一瓶酱油，也就是要你打蛋浇在饭上吃。我鼓起勇气照做了，理所当然蛋白跟蛋黄把整碗饭弄得超级黏稠，至今我仍不愿回想起那口感啊！还是乖乖吃我的牛肉盖饭就好了。

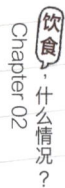

就算天气再冷
也要加满冰块

日本的冬天很冷，尽管如此，还是可以在路上看到很多人若无其事地吃着冰淇淋。顺便一提，日本的冰淇淋口味非常奇妙，印象最深刻的就是哇沙比口味跟枇杷口味。现磨的哇沙比，配上香草冰淇淋，口感超复杂，前一秒还在享受甜甜的香草滋味，随后呛辣感马上直扑舌尖。而枇杷口味冰淇淋意外地很好吃，不甜不腻很爽口。

就算天气再冷，餐饮店服务生等你入座就定位后，一定会立刻奉上加满冰块的水或是超级烫的热茶，在日本人的观念里，提供最冰或最烫的茶水才能代表诚意。我刚开始很不习惯，都会特别跟店员要求去冰，而不明就里的店员常因此显露出难以掩饰的异样眼神，随后当饮料送上来时，我也不加掩饰地瞪大双眼盯着那杯可乐，**不多不少，只有半杯**（加了冰块之后才会刚好全满），连店员都感到不好意思而拼命道歉。日本人斤斤计较的个性，的确在此发挥得淋漓尽致啊！这种时候就会想念家乡饮料店的大方，就算去冰还是会帮你装得满满的。

↑去冰之后，真的还没开口喝就这么少

有时候，咖啡店的冷气强到我指甲都发紫时，还是会跑去跟店员要杯热水，不用说，当然又是超级烫的那种。一开始会以为日本人的身体是铁打的吗？又吃冰淇淋，又喝冰水的，虽然室内都开着暖气，可是一到室外还是会抵不过寒风。最令我啧啧称奇的是，日本人就算生病也不会乖乖喝热水或是常温水，他们觉得那种味道很恶心。有一次，男朋友（他是日本人）感冒了，直接从冰箱拿出冰绿茶打算配着药一起吞进去，被我立刻阻止："不行！要配温水喝！"男友却说："为什么？冰绿茶比较好喝啊！"于是，我请他睁大眼睛看仔细服药说明书，上面确实写着要配水或热水喝。男友大惊："哇，真的耶！！！"我无奈翻白眼："这不是常识吗……"

更夸张的是，日本人发烧习惯不洗澡，理由是洗完澡踏出浴室吹到风，可能病情会更严重；不过他们就算感冒了还硬要吃冰淇淋，理由是冰淇淋的脂肪正好可以减轻喉咙疼痛（傻眼再傻眼）。站在我个人的立场来看，不洗澡就是脏，而感冒吃冰淇淋更是找死的行为啊！我实在难以理解以上种种，某天我又好奇地问学校的日籍女老师一个问题："日本女生就算生理期来了，也还是照喝冰的东西吗？"老师点点头说："当然啊！"

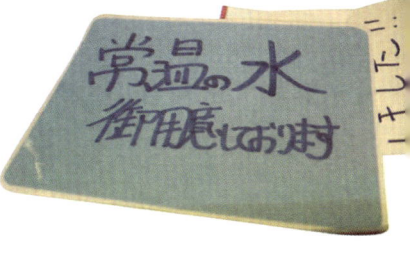

难以下咽的 珍珠奶茶
タピオカ

直到现在，存在我心中已久的大问号，仍然是个谜，那就是日本的珍珠奶茶怎么可以这么难喝？到底是用什么做的，珍珠竟然可以跟石头一样硬，奶茶竟然会跟水一样淡？就连台湾人在日本开的珍珠奶茶店，味道也都不怎么地道。然而，日本妹却又超爱排队买这种黑心饮料，把我们这群穷苦台湾留学生逼到干脆自己下海煮珍珠的地步。

非常具有实验精神的我，牺牲可怜的味觉喝过无数家日本珍奶，始终没有找到足以使我心甘情愿冒着变成胖子的风险，每天掏出近300日币就为了买一杯珍奶的店家。横滨中华街的店家最为可怕，珍珠奶茶是先做好之后再放进冷藏库，而且吸管还会预先插得好好的。（谁知道有没有人偷喝过啊？）另外，日本的便利商店也有在卖珍珠奶茶，但我始终没有勇气尝试，宁可把钱拿来买便当。

最近，我终于透过男友的介绍找到一家在及格标准内的珍珠奶茶，糖度可以调整，还可以集点数，雨天自动变成两倍点数，凭学生证还可以优惠50日币，重点是珍珠是QQ的！！！（虽然奶茶的颜色还是有点怪异。）此外，我还找到另一家真正台湾人开的珍奶店，当我喝下第一口时，忍不住兴奋地在店门口大叫："**是台湾的味道！**"那味道虽然不是知名连锁饮料店的味道，而是夜市里一杯700c.c.特价20元的奶茶味，但我已经心满意足，频频点头跟店员说我感动到好想哭！好消息是COMEBUY终于要在东京开分店了，着实是留学生的救命恩人啊～

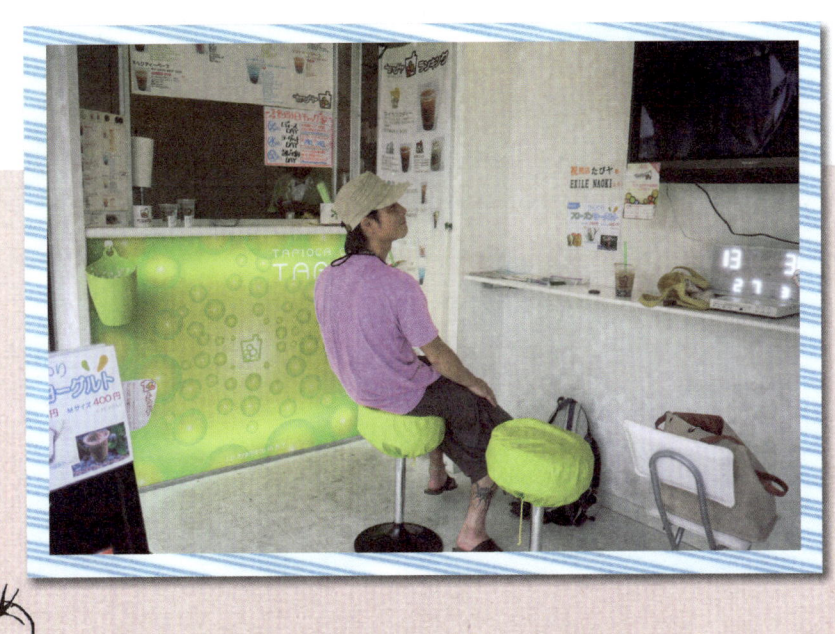

说完作为游子最想念的珍珠奶茶后，顺便聊聊水果吧！日本的水果种类超少，大概就属橘子、苹果、番茄最为常见。所以现打果汁的价钱更是贵到吓死人，小小一杯要价150日币，这价钱在台湾几乎都可以买到一个便当了。更夸张的是，装果汁的杯子就是一般办公室常见的纸杯，没有盖子，一口气喝完就可以丢了，小气到一种无人能敌的极致。我喝过最昂贵的果汁是红芭乐汁，要价600日币，相当于四十颗水饺的价钱，更好笑的是它莫名其妙出现在意大利料理店的菜单里，由于我当时实在是太想念芭乐的滋味，就狠下心点了贵死人的这杯了。

东京明明不产香蕉,但是特产伴手礼竟然是东京香蕉蛋糕。超市卖的台湾产香蕉,一串的价钱大约可以吃到一碗牛肉面;而菲律宾产香蕉的价钱,相当于一碗干面。所以,每次回到咱们水果之乡台湾后,我都会把水果当水喝,猛灌西瓜牛奶、木瓜牛奶。某次,日本友人来台湾玩,当他看见一卡车后面全堆着巨大西瓜、人手一杯木瓜牛奶的景象时,整个傻眼,直说:"**难怪台湾人的皮肤比较好。**"

没有**玉米浓汤**的速食店

久久才回一次台湾时，老妈都会问我想吃什么家乡菜，而我总是一脸渴望地回答："蘸了糖醋酱的鸡块！"老妈当场大笑，她无法理解难得回台湾竟然最想吃速食的心态。可是，真的非得等到离乡之后，才能深刻体会到家乡的速食有多么好吃。

日本的某知名速食连锁店，竟然没有提供糖醋酱，而只有BBQ酱和辣酱可供选择，但对我而言，怎么吃怎么怪，没有蘸糖醋酱的鸡块就是不对味嘛！有机会的话，我一定要把糖醋酱带来给日本的朋友尝尝。此外，知名速食店竟然没有供应玉米浓汤，当我知道这个事实时心都要碎了，想象外头冷飕飕地飘着雪，这时当然会想要喝上一口热乎乎的香浓玉米浓汤，可惜在日本只能自行想象这画面。

除了"台湾有，但日本竟然没有"的不适应之外，令我难以接受的还以下两点。第一，日本人吃薯条是不蘸番茄酱的。话说吃薯条不蘸番茄酱，这样还是吃薯条吗！（天啊，好绕口的一句话）番茄酱还要另外跟店员要，才能拿到，所以"**可以给我一包番茄酱吗？**"成为我最常说的一句日文了。不过，这也不能怪日本人，因为日本薯条所加的盐巴是台湾的两倍，所以不用再蘸任何调味料了。我想，他们应该很难理解咱们有时候还会变化出薯条蘸番茄酱加砂糖，或是薯条直接蘸糖醋酱的吃法吧！

第二，所有的食物就像被小叮当的缩小灯照射过一样，尺寸全都缩小一号，每个看起来就像是儿童餐的SIZE。我曾经在日本速食店看到欧美人士都还没吃完第一份套餐，就又跑去柜台点了第二份来吃。除了尺寸大小之外，内容的丰富度也天差地别，日式速食店的早餐菜色超级令我吃惊，不像台湾还有贩售松露牛肉、龙虾、猪排三明治等等，这里的早餐几乎简陋得让人提不起精神上班。不过，这里也有全东京唯一一家的摩斯经典美式汉堡限定店，分量比较起来就大很多，还有贩卖酒类，比较像是美式餐厅，跟以往走温馨取向的店面设计有着截然不同的气氛。

↑ 而这一份套餐等于铁板面加
蛋再加奶茶的价钱。

↑ 我自己煮还比较划算，真想在东京开
一家台式早餐店。

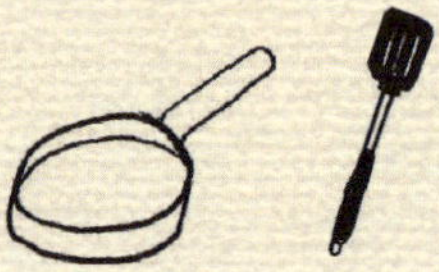

饮食・什么情况？
Chapter 02

028

日本，我来啦～～～！
台湾女孩的留日闯荡手记

最后，聊聊总是有个白胡子老爷爷站在门口的那家知名速食店好了，对日本人来说，那是只有在圣诞节才会去的地方。每到圣诞节前夕，店门口就会大排长龙，每个人就只为了买全家炸鸡餐团聚。就算是在不到10摄氏度的低温下，大家还是愿意排上一小时。重点是，吃过一次就让人再也不想踏进店里了，因为那炸鸡根本不是给人吃的，我甚至怀疑那根本不是鸡！如果可以，我真的很想把台湾的全家餐塞进行李箱，带来给日本人见识见识。

也许是因为平常没有客人上门，所以他们很爱在白胡子爷爷身上动歪脑筋，可是我看了后更不想进去。

029

☆ 围兜兜拉面店 ★

　　日本人吃拉面的方法有很多种，**站着吃、蘸着吃、冷着吃**，但是无论是哪一种吃法，通通都会发出此起彼落的吸面声。

　　每次去吃拉面时，我都很想拍桌叫日本人安静，不过这么做肯定会被老板赶出去或者被所有日本人翻白眼。从小，严格的老妈就告诫我女生吃饭一定要安静，结果整家店真的只有我很安静地吃拉面，甚至还先把面捞进拿在左手的汤匙，之后才慢慢把面送进嘴里。坐在隔壁的男友"**咻**"一声就吃了好大口。我问他："难道不会烫吗？"他说："就是因为烫，才要这样吃啊！"原来在"**咻**"的瞬间，筷子要尽量放低，好让筷子把吸上来的面条的热汤汁都先沥掉。

　　出于好奇，我曾经试着发出声音吃拉面，结果当然是失败了，不但面条卡在半空中，汤汁还喷得到处都是。男友看我这副糗样，也跟着试试看不发出声音的吃法，没隔多久他不耐烦地说"做不到"，就连面条都还没放进嘴里。于是，我又再度举手发问："那汤汁都不会喷到自己吗？"他说："偶尔会喷到脸上啦！"然而就算如此，他们还是照吃不误。日本人对于拉面吃法的忠贞不贰，大概就跟明明知道巷口咸酥鸡的回锅油用了好几回，我还是会死心塌地辛苦排队的心情一样吧。

针对拉面汤汁容易四溅的困扰，有些店家提出了对应方法，那就是给你穿上只能用一次的那种纸制围兜兜。整家店穿西装的欧吉桑们穿着围兜兜的逗趣画面，真的只有在日本才能看到，甚至走在路上，也可以看到穿着围兜兜站在店外讲电话的大叔。

最后，日本拉面还有一个地方让我受不了，那就是味道非常咸，老板大概倒了一整罐盐巴进汤里吧？更令人傻眼的是，日本人却觉得这只是普通的程度，如果你跟他抱怨太咸，对方反而会觉得你的舌头有问题。我觉得味噌最咸，其次是盐味、酱油味。请大家千万不要拿自己的肾脏开玩笑！关西地区的口味倒是没有那么浓，味噌汤很清淡。

> 最近倒是对日本油面情有独钟，跟台湾的路边摊干面有得拼。叉烧也不会少给，面条超有弹力，吃到忍不住发出声音，而且一碗就可以吃很饱。

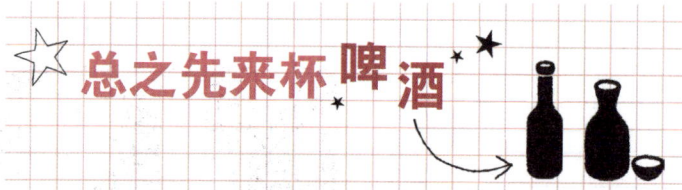

☆ 总之先来杯啤酒

"总之先来杯啤酒！（とりあえず、生一つ　念法：偷哩艾矮姿、哪吗西多姿）"常常可以在居酒屋听到这句话。踏进居酒屋，一开始店员不会给你食物的菜单，只会给你酒类 MENU，等到酒上桌之后才会问你要吃什么。通常日本人看到啤酒在眼前，就会立刻大口喝下去，然后将啤酒的美味都诉诸于"啊～"的一声赞叹里。而我总是在旁纳闷着，这样空腹喝啤酒对肠胃不好吧？日本人的胃跟肾脏真的很强大，让我佩服得五体投地。

日本人喝啤酒绝对不加冰块，而且玻璃杯一定会先冰镇。所以，当我说台湾人喝啤酒会加冰块时，他们的双眼都瞪到快掉下来了，因为他们觉得这样会破坏啤酒的味道。仔细想想，台湾的夏天很热，啤酒加冰块很正常，而且台湾的啤酒味道比起日本偏苦一点。

周末夜的车站和电车是很可怕的，每个人的脸上都挂着诡异的笑容，整张脸红通通的，还带着一身酒臭味，真像是来到了酒池肉林之中。平常看似乖巧的日本女孩就这样在街上嚎啕大哭，甚至在电车上上演大解放的戏码，大闹大叫，让我很想录下影片寄给她们。镜头转到酒吧里更是夸张，有老作家跑来推销自己的作品，有中文超好的英国气功大师，有在美国大使馆工作的，还有在迪士尼当米老鼠的……（从没想过我竟然有机会认识米老鼠本人！）

日本，我来啦～～～！
台湾女孩的留日闯荡手记

平常小心谨慎的日本人，喝挂的丑态不胜枚举，而收集这些丑态照片就成为了我的兴趣。尤其是搭终电（末班车）时，还可以看到直接睡在月台上的男子，不管站务员怎么叫他都不起来，其他清醒的乘客就在电车里目送那位男子。站务员还要不时清理醉汉们的呕吐物，我打从心里同情他们的辛苦，也同情日本人的压力竟然大到如此地步。

← 这是始发电车。

033

对日本人来说，啤酒是他们唯一的心灵慰藉，更是他们交际的手段。如果日本人想约你出去，一定是先问你要不要去喝一杯，而不是问你要不要去吃饭、看电影。我的日本男友也是在喝了几杯酒后，才跟我告白的。（还好他还记得自己说了些什么……）

↑ 这张照片里只有我是清醒的，而且全是不认识的人。

Chapter 03
娱乐,什么情况?

一个人也可以很嗨的卡拉OK

　　日本人宣泄压力的管道，除了喝酒之外，就是欢唱卡拉OK了，因此卡拉OK的店家大概就跟便利商店一样多。

　　日本的卡拉OK没有附设自助吧，顶多只有饮料吧。（真的好抠，不管什么都要钱。）装潢其实很普通，甚至有点俗气。更好笑的是，从包厢外可以清楚看见里面的人唱歌的模样，未免也太尴尬了吧！至于歌单，竟然可以找到许多台湾歌手的流行歌曲，像是周杰伦、蔡依林的歌都可以在这儿点到，这点倒是令我相当惊讶。唯一美中不足的是，MV画面播出来的那瞬间，我不禁倒抽了一口气，因为画面中出现的不是我熟悉的大明星，而是台北101配上不知名的日本小咖演员，小咖演员一个人在101附近跳来跳去，影片内容跟歌曲毫无相关，感觉就像是闽南语老歌里在沙滩上奔跑的比基尼女郎一样。接着，我再试点其他歌曲，这次现身的是野柳女王头……

后来我才知道，卡拉 OK 的日语流行歌曲也很少使用官方 MV，原因似乎是版权费用很贵。话说，一边看着演技瞎透了的演员一边尽情高歌，如果不够嗨是绝对办不到的。不过，日本人似乎很习惯在卡拉 OK 包厢痛快宣泄，就连"**一个人去唱歌**"这种体验，他们也都司空见惯，一点也不觉得奇怪。我曾经跟一个平常沉默寡言、不爱说话的日本朋友去唱歌，没想到当他一拿到麦克风时，就像是疯了一样，最好笑的是他明明滴酒未沾，却能放胆在大家面前大秀舞技！

卡拉 OK 虽说是压力宣泄的管道，但是如果跟前辈或上司同行，那情况就变成专属前辈和上司的宣泄管道而已，甚至压力因此变得更大。当位阶比自己高的人在唱歌时，一定要认真倾听、认真拍手，就算对方唱得不好也要称赞个一两句。如果不小心把他的歌"卡"掉了，那就等于你的工作也瞬间没了。反过来看，在台湾唱卡拉 OK，大家都各唱各的，开心就好，就算点碗牛肉面来吃也无妨。

鸦雀无声的电影院

日本人究竟有多压抑？只要去趟电影院看部喜剧片，你就能充分感受到日本人无敌压抑的民族性了！明明是超级爆笑、绝对会让人喷饭的桥段，但电影院里却没有半个人放声大笑，顶多只有掩嘴窃笑的声响。放映厅里更不会闻到鸡排和卤味的香味，爆米花更是不会掉到地上。每次在日本看电影，我就会想起大学的回忆——有一堂课的讲师是某知名电影院老板，老师每学期都请全班一起去电影院看电影，可以包场又不顾形象地大笑，真的很幸福。

回到正题，日本大型电影院的外观非常豪华，就像是五星级饭店，并且设有自动贩票机，只要进场前再出示票根就可以了。不过，放映厅就跟台湾的电影院差不多，而且食物的选择性也不多。日本电影院跟台湾差最多的应该是电影票价，大人一张 1800 日币，没有提供学生优惠票，比较特别的是每个星期三女生特价 1000 日币。除非有人请我看电影，否则电影院对于穷到爆的我来说，根本就是绝缘体。

日本的国片叫做"**邦画ほうが**（齁嘎）"，一个月就有几十部邦画上映，但是会卖座的通常只有一两部。日本人对自己国家的电影不大感兴趣，反倒是很崇洋，但是引进电影几乎都比台湾还要晚上映。每当日本朋友看到预告片时，我几乎都会抬起下巴冷冷地对他说："喔！早就看过啦！"引进电影较慢在日本上映的原因是——他们有原版跟"**吹替版**"——吹替版就是画面是强尼戴普的脸，但却说着一口流利的日文。你一定会纳闷心想：谁会花钱看强尼戴普讲日文？其实，这种人还意外蛮多的。

除了引进电影原版外，在日本上映的电影是不会上字幕的。（听说台湾是少数全上字幕的地区之一。）这对还在苦读日文的我来说，真是一大痛苦。看电影必须非常专心听每一句台词，根本就无法放松。然而日本人的英文实在很烂，所以才有吹替版的市场需求。就连汤姆克鲁斯都有专门的日文配音员，而且几十年来都是同一个人！日本朋友说："**如果不是那个人的声音，就拒看！**"我心想：他们到底是有多么懒得看字幕，竟然还宁可听阿汤哥讲日文？总之，配音员在他们心中的地位是我们台湾人无法想象的。话说，如果亲眼看到汤姆克鲁斯的声优是个秃头老伯，这景况真的令人很难不崩溃。

无所不在 的 AV 星探

　　我很讨厌一个人去原宿和新宿，更准确地说，应该是恐惧。那种地方什么怪人都有，凡事只能自求多福。因为乘车上学的缘故，我每天都得经过新宿转车，每天只得板着一张臭脸以最快的脚程移动。

　　有一天，还是被不识相的家伙给挡了下来，一位多毛又肥硕的大叔迎面而来，递给我一张诡异到不行，毫无设计感可言的经纪公司名片，名片上有些字还因为印刷不完整而被切了一半。大叔当下翻了几张女仆和比基尼女孩的照片给我看，问我有没有兴趣加入，我骗他下个星期就要飞回台湾后，他才总算放我走。原本以为自己逃过一劫，没想到，过几天又在同一个地方遇到那位大叔，他再度把我拦下来，不过他根本忘记我了。这次我就直接白了他一眼，然后快步离开。之后我把名片拿到打工的店里和店长一起查询网址，果然是那种……

日本，我来啦～～～！
台湾女孩的留日闯荡手记

　　还记得有一次最夸张，当我去原宿的"正当"模特儿经纪公司面试完后，走在路上被一个拖鞋男给拦了下来，他说："你好可爱喔，有没有兴趣做模特儿啊？"我说："我刚刚才面试完，而且我不是日本人。"于是他提高嗓子："有什么关系～来我们公司可以赚很多钱喔！"我听到这句话后觉得更可疑了。他继续说："你知道什么是AV吗？其实我们是在拍A片的啦。"当下我立刻翻了白眼说："没兴趣。"

↑这是提供给单身上班族们"休息"的小天地。

　　我回家后在脸书上发文，不久就引起一阵小骚动，有朋友说："如果在台湾下载日本AV时，看到认识的人的脸孔也是挺可怕的。"也有几位曾有相同经验的女生朋友狂点赞，而日本朋友的反应则完全相反，他们觉得这是很正常的事情，因为日本的AV是合法的，所以也无须遮遮掩掩。更何况随时都可以看见便利商店里站着整排的男生在看色情杂志，有时候还会排成两排。（要是看到自己的男友也在其中，我一定跟他分手！）日本温泉的大众池也是全部脱光光，这么一个看似"豪放"的国家，其实私下的个性竟是害羞得不得了！

新宿还有一个最有名的"**歌舞伎町**",也是合法的风化场所,晚上常可以看到火辣的年轻女生勾着秃头中年男子的手,走在路上。这一带场所分三种需求,男找女、女找男、男找男。冬天还可以看见比基尼姐姐套了件雨衣,头上戴着兔耳朵的妖媚姿态出现,也可以看到一堆牛郎争奇斗艳的招牌,原来这可是有排行榜的呢!曾经有留学的男生朋友一个人走进歌舞伎町时,还被店家问说要不要下海当牛郎。

不会笑的新闻主播

　　日本的新闻主播超级正经，我从没看过他们笑，还是他们其实是面部神经失调？新闻主播的衣着也很朴素，妆也不浓，但是她们会死命地睁大双眼。新闻画面没有花俏的跑马灯，也没有特别放大的字眼，更不会把新闻播得人心惶惶，纯粹陈述事实而已，所以通常可以在几分钟内看完重点新闻。我常想到台湾的老爸边看新闻边碎碎念的模样，要是他看了日本的新闻，一定过不了多久就马上转台了吧？如果综艺节目或者连续剧播到一半，突然发生地震或是重大事件（例如逃了十年的犯人终于落网）时，日本的电视频道绝对会在第一时间中断节目报给大家知道。

　　新闻内容的可信度很高，虽然略显无聊，不过至少不会像台湾媒体把事件夸张化。当初因为台湾媒体把日本的3·11大地震报道得太严重了，害我差点来不了日本，这么一来这本书也许就没有让大家看到的机会了。此外，日本也不常报道小地方、小事情的花边新闻，所以当日本人听到我至少上过十次以上的台湾新闻时，全都吓到了。（我自己也不明白到底有什么好报道的？）此外，素人长得像知名艺人、名字跟知名人士一样等等这类新闻，更是绝对不会出现。

在这个压抑到不行的国家中,参加毕业典礼的学生不是狠狠打上一架算总账,就是大哭一场作为结尾。日本新闻还整理出最有趣的毕业典礼,而台湾被列入前三名——台北某高中毕业典礼的讲台上,突然出现巨大钢铁侠,当钢铁侠一摘下面具,没想到原来是笑容满面的校长本人。日本主播对于此报道所下的结论是:"这场毕业典礼,好像最后是校长自己玩得最开心耶。"

彻底 M 的搞笑艺人

我每次看日本的综艺节目都会大笑，同时隐隐担心那些艺人们的身心健康，因为明明被虐待得如此惨烈，但竟然从头到尾都笑眯眯的，这怎么办到的？而制作人的脑子里又装了多少邪恶的念头呢？

日本的跨年节目，除了历史悠久的红白歌唱大赛之外，最受欢迎的就是"不准笑出来"。我刚来日本时没有什么朋友，也无法回台湾，只好一个人待在零度的东京，裹在被窝里看**"不准笑出来"**。参赛艺人先是徒手抓热腾腾的烩面吃，想也知道，烩面还没送进嘴里就因为实在太烫了，于是面条直接被甩了出去。下一幕，艺人则是端着一碗烩面坐进巨大的烘干机里，启动按钮，直到结束之前，要想办法把面给吃完。最后从烘干机踏出来的艺人身上全是面条，狼狈的模样又可怜又好笑。节目进行到最后越演越烈，节目工作人员把装满一桶的滚烫蜡油全洒在艺人身上，全身顿时变成白色的，表情扭曲到快要认不出是谁。

日本人除了喜欢虐待别人外，也喜欢虐待自己。前阵子播出 27 小时连续现场直播的综艺节目，SMAP 的其中一个成员的任务是要在 27 小时跑完 100 公里马拉松，看着他一边啃着饭团一边气喘吁吁的样子，我心想这钱也太难赚了吧？！没想到，更难赚的任务还在后头！已经六七十岁高龄的知名艺人参与十人跳绳比赛，可是每次跳到一半，他就上气不接下气了，这画面真令人不安。后来，镜头马上又转到棚内，日本女艺人们被迫跳进 40 摄氏度的热水里，还要从池里自行拼命游上岸，坏心的制作单位还在岸边放了一大桶刨冰，女艺人们爬上岸后，已经不顾形象地乱抓一把刨冰，拼命将冰往自己的身上砸。

此外，日本艺能界非常注重长幼尊卑、学长学弟制，所以菜鸟基本上根本不敢招惹大前辈。有一次，我看到综艺节目的内容是大家要前辈当众向菜鸟道歉，因为前辈在多年前的节目上玩得太过火，而道歉的方法就和事发当年一样，拿特殊道具大力地从头上打下去。刚开始，菜鸟战战兢兢地打了一下，旁边的主持人怂恿他可以再打大力一点，于是他鼓起勇气奋力一打。这一打，前辈忍无可忍，气到把菜鸟刚买的西装狠狠扯破，并且在菜鸟脸上踩了个脚印。这桥段究竟是节目效果还是真的生气，我们无从得知，不过那画面真的让人捏了把冷汗。

只有搞笑艺人才有无限的可能，想干嘛就干嘛，不受任何规则拘束。甚至有男艺人只要是对某女演员有兴趣的话，就会从背后捏她屁股一下，而且男艺人从没上过法院。（这还有天理吗？）也许压力过大的人都应该去当搞笑艺人，这样才会活得比较快乐，而且压力大的观众看了也开心。我想，这大概就是为什么搞笑艺人在日本人的眼里，地位是至高无上的原因吧！

Column 喷饭对话篇

日本人永远无法了解我们的……

日本人无法理解我们的地方到底是什么呢？话说，我常常因为这类话题和日本朋友吵架，但吵到最后总是没有结论，不是"しようがない"（没办法啦），就是"やっぱり台湾人，やっぱり日本人"（果然是台湾人，果然是日本人）这类结论当作收场。

Round 1

日本朋友："为什么台湾的街道这么脏？"

我："嗯，我也不知道耶！明明几乎每天都有垃圾车，可是白天的夜市到处都可以看到老鼠。"

日本朋友"还是因为你们的气候比较热，所以东西容易发臭？啊！所以你们的料理方式大多是用炒的跟煮的。不像我们日本人最爱吃生食了！"

（我心里想：对啊，你们连马都敢生吃了。）

我："生的东西没有处理好的话，会有很多细菌耶！而且，为什么日本的学校没有蒸饭箱啊？这样中午不就都只能吃冷掉的便当吗？"

日本朋友："对啊！冷便当最好吃了！"

Round 2

日本朋友："为什么台湾的日本料理店，店员都只讲日文的欢迎光临，为什么不讲中文？"

我："因为这样用餐比较有身处日本的气氛啊！"

日本朋友："可是，横滨的中华街餐厅也没人讲中文啊！"

Round 3

日本朋友:"为什么你们不会先提示一下,每次都突然间就转换话题了?我脑子都转不过来。"

我:"哈?想说什么就说什么吧!又不是不熟。"

日本朋友:"日本人聊天时换话题之前,一定要先说类似'对了!话说到……'!"

喝口茶之后,我说:"下次去那家店吃看看好不好?"

日本朋友:"诶?刚刚那话题已经结束了吗?"

Round 4

日本朋友:"为什么台湾人对于自己的公司比较没有忠诚心?想辞职就辞职,公司倒了,好像还比较开心的样子。"

我:"想做什么就做什么啊!你能想象你一辈子都待在同一家公司吗?一点挑战性也没有。"

日本朋友:"这样不会很难找到下一份工作吗?"

我:"哪会啊,多一点经验有什么不好?你们日本人才奇怪,公司的欧吉桑如果实力没你好,但薪水却拿得比你还多,难道你不会不甘心吗?"

*补充:话说全世界换工作的几率最小的国家,第一名是意大利,第二名是日本。

Round 5

日本朋友:"为什么台湾的男生会帮女朋友拿包包?还要接送上下班?"

我:"我自己倒是没有很喜欢看到男生帮女生拿包包啦。不过接送没什么不好啊,温馨接送情,送出感情来就在一起啦!"

日本朋友:"又不是小朋友,可以自己回家啊!"

我:"那是因为你们没在开车、骑车啦!话说~什么时候换你煮饭给我吃?"

日本朋友:"我只会煮泡面喔!"

Round 6

日本朋友:"为什么你们吃拉面都这样安静?"

我:"我才觉得你吵咧!都不会喷到脸上吗?"

日本朋友:"完全不会啊!"

我:"在台湾吃东西如果发出声音是很不礼貌的。"

日本朋友:"可是在台湾的餐厅里,大家吃饭时都很吵!"

我:"吃饭是联络感情的时间!哪像你们还站着吃。"

(我往自己腿上一看,全是拉面汤汁的污渍……)

Round 7

日本朋友："为什么你们对于长辈、晚辈的用词没有区分呢？"

我："也不是完全没有啦！顶多对客户、客人说声'请'，大概就跟美国差不多吧！"

日本朋友："怎么可以这样，我们就算只差一岁也要分得很清楚。"

我："麻烦死了，这样多有距离感啊，大家都是朋友啊。"

日本朋友："不行，无论关系再好都只能说对方是我前辈，而不是朋友。"

我："好难过喔，你们都不把对方当朋友看待吗？"

Round 8

日本朋友："为什么台湾餐厅送上来的水都没加冰块，啤酒反而会加？"

我："我才想问你们，一年四季都喝冰水，难道不会冷吗？要求去冰的话，容量还自动减少，超小气！"

日本朋友："冰水很好喝啊，常温跟热水喝起来很恶心。"

我："啤酒不加冰块的话，很快就会温掉啦。"

日本朋友："味道不会变淡吗？"

我："可能是台湾啤酒比较苦吧？"

Chapter 04
生活，什么情况？

一点也不便利的便利商店

便利商店虽然到处都有，但是亲切度跟方便性完全比不上台湾。在台湾，便利商店可以是小型邮局、小型超市、小型药妆店、小型咖啡馆，甚至是小型洗衣店；但在日本，便利商店就只是一间小商店，其他的附加服务都没有。

例如台湾常见的上班族人手一杯超商咖啡，这项服务在日本非常稀少，最重要的是一点人气也没有……我多想跟同学一起体验咖啡买一送一呀！如果想要端杯咖啡走在日本街头装气质，口袋还得先有点钱才行，因为一杯星巴克咖啡就要价四百日币（于是我只能默默走到百元自动贩卖机前……）。另外，在日本购买网拍商品，也无法选在便利商店取货，卖家就是坚持要送到你家、送到你面前，他们难道不明白错过送货员的心情有多讨厌吗？不过，如果可以事先知道送货员是个帅哥，那该有多好，我一定会死守在家里等待！

至于电车乘车卡（类似悠游卡）的储值服务，也是直到最近这几个月才开放可以在便利商店加值。以前还没有这项服务时，民众如果想要充值，就非得走到车站不可，所以交通高峰时间常常可以看到充值机前面排着长长的队伍。

列出了以上"我觉得应该要有，但日本便利商店竟然没有"的几项例子后，你应该很想问："那究竟可以在日本的便利商店做什么？"我的回答是："1. 看A漫 2. 白吹冷气 3. 买御饭团 4. 抽烟。"我不得不这么说，日本的御饭团真的很好吃，超好吃，无敌好吃！

至于为什么"抽烟"也列在名单当中，这是因为在日本的道路上有规划一定的区块为吸烟区，除了吸烟区和便利商店门口以外的地方是完全禁烟的，所以常可以看见烟枪们在便利商店门口排排站，挤在便利商店提供的一块小天地抽烟，下雨天还得自己撑伞，看上去超寂寞的。

还有三件事相当令我百思不解！

第一，有些便利商店的门竟然不是自动式的，而是要用双手拉开！我曾经赶着要买早餐去上学时，便利商店的玻璃门竟然没有自动开启，于是我的头就这样狠狠地朝玻璃门撞了上去，店员当时瞪大了双眼呆住，里头正站着品味 AV 杂志的大叔也被我吓个半死。

第二，如果不特别拒绝的话，店员一定会给你塑胶袋！最令我惊讶的是，如果你买的是热便当和冷饮的话，店员会主动帮你分开装在两个袋子里；如果你买的是玻璃瓶类的易碎物品，店员更会主动帮你装上两层塑胶袋。真是不够环保！

第三，竟然没有提供无纺布提袋！蓝色的不织布网状提袋，可是台湾便利商店的一大发明，不仅东西不会掉出来，又能够重复利用，还能避免微波熟食烫手的困扰。或许是日本人生性羞涩的缘故，不想让别人看到自己买了什么，所以宁愿使用塑胶袋，也不愿改用网状提袋。（但他们却能够若无其事地拿保险套去柜台结账，一点也不尴尬……）

最后，最最最让我们留学生无法满足的一点是：发票没有办法兑奖！日本的发票就跟垃圾一样，一点用处也没有，除了家庭主妇会收集起来记账之外，大家通常都是直接丢进店家提供的小篮子里。来到日本之后完全变成勤俭持家的欧巴桑的我，每天都得心酸地带着这些"垃圾"回家好好记账。

完全无法松懈的女厕战场

　　上女厕就跟走一场时装秀一样,要美美地出场,绝不容许半点失误,而且不时还得上下打量身旁的对手。日本的女厕通常都设有一种机器——音姬,只要按下开关(有的是自动感应),音姬就会自动发出流水声或是鸟鸣声,避免正在上厕所的声音被别人听到的尴尬情况。如果厕所没有设置音姬,日本女生会边冲水边上厕所。反观台湾,大家多半都是一进厕所后,不管三七二十一就直接畅快释放了,甚至还能隔间大聊特聊了起来。

如此"矜持"的日本女孩,你能想象她们竟能若无其事地坐在套着毛巾布的公共厕所马桶上吗?

因为日本的冬天很冷,所以他们几乎都会为马桶座套上特制的毛巾坐垫,就算是公共厕所也是如此。可是,每当我想到"**上一个人或许会不小心滴到坐垫**"这个念头,无论如何就再也不敢安稳坐下,宁可选择蹲马步的姿势。而学校有位日文老师曾经在台湾待过五年,她也学会了蹲马步上厕所的绝招,不过她是因为被台湾马桶座上的鞋印吓到才学会蹲马步的。话说直接踩上马桶座实在是太危险了啊!又因为台湾的厕所绝大多数都没有安装音姬,刚开始她死都不愿意在外面上厕所,宁可搭计程车冲回家,不过久而久之她也就没再怕了。

话说回来,日本厕所的一大优点是卫生纸可以直接丢进马桶冲掉,而专丢女生卫生用品的垃圾桶更是小到令我惊讶,而且还得自行用手打开垃圾盖,逼得我如此近距离地看见血淋淋的画面,真的很残忍。不禁使我回想起以前在台湾餐厅打工时,处理厕所垃圾的可怕经验。更好笑的是,日本人对于"**台湾厕所的垃圾桶怎么这么大一个**"也感到相当惊讶,而且他们也无法接受"得看见别人用过的卫生纸"的画面。

日本人有个好习惯，大家几乎都会自备小毛巾或湿纸巾在身上，所以厕所的洗手台通常不会摆擦手纸，只有一启动就吵死人的烘手机。而早就习惯厕所有擦手纸存在的台湾穷苦留学生，只有在此把省钱又贪小便宜的本领发挥得淋漓尽致。只要看到路上有人在发面纸就会伸手拿，回程还会再拿一次，这已经变成一种无意识的动作，就算是来观光的台湾人也是照拿不误。反观日本人倒是很少拿，因为卫生纸上的广告其实是交友网站或色情行业招募新人。不过我们哪管得了那么多，反正有看没有懂，能用就好。还有再终极一点的手法，到餐厅吃饭时，趁着人多嘈杂，到自取区抓一把湿纸巾外带回家。我曾经在用餐后想拿张纸巾擦手时，发现湿纸巾的篮子霎时变成空的了。（该不会是被店员发现了吧？）直到现在，关于湿纸巾瞬间不见这件事都还是个谜，我发誓绝对不是我把湿纸巾带回家的。

在书店站到腿酸还是坚持不买

　　普遍来说，日本人都很爱看书，无论大人或小孩都是如此。相较之下，我的出生地基隆目前只剩下一间书店，而弟弟一看到书就想睡，妈妈更是宁可悠哉地待在咖啡店等我挑书，也不愿意陪我逛书店（因为拖拉的我通常会在书店逛超过一个小时）。幸好，妈妈非常乐于买书给我，小时候当我还不会认字时，她就买了一整套的系列故事书给我，而且还骗爸爸说那套书只要几千元而已。直到我上大学后，某天家里来了位客人，说他也有买那套书给小孩并且抱怨着要价上万时，妈妈当年的谎言才终于被戳破。

> 日本人的住家附近绝对有一家以上的书局、一间图书馆；台湾人的住家则是走没几步就有药局。

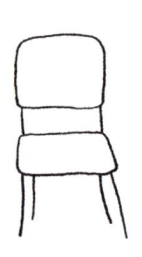

生活，什么情况？ Chapter 04

我很爱看书，来到日本后依然常逛书店，只是都买不下手，东翻西翻过过干瘾也好。基本上，不能在日本的书店里盘腿坐在地板上，而且书店也没有提供椅子或阶梯，所以想看书的话一定只能站着。我刚来日本时，对于这样的看书文化毫不知情，选好书后就一屁股坐下，随即被同行的日本朋友拉起，我当时一脸无辜地嘟嘴追问为什么，得到的回答也只是"不礼貌、不好看"这类其实他也不知道为什么的答案。我只能说，站在书店看书的日本人的腿，就像是金刚腿一样坚定不移，一点也没有疲累的迹象。

有些书店的规模甚至是一整栋的大楼，而且附设有电梯。尽管电梯的大小就跟厕所差不多窄，但讲究服务细节的日本人，还是会安排电梯小姐为大家服务。有一次，我在电梯遇到一位打扮成桃太郎的宅男，他的头上绑着白布条，背包上插着旗子，当他踏出电梯门的刹那间，忽然转头对着电梯小姐大喊："你是我遇过最正的电梯小姐！请加油！"当下电梯小姐一脸冷淡，而我们其他乘客的眼睛都睁到不能再大。

这里的书大概都是金箔做的，价格非凡，随便抓来一本日文参考书，定价直逼两千日币。于是穷人也想出头天的我，只好不断向学校图书馆借书，苦读到老师催我还书的那天。特别的是，小说类的书籍通常会出版两种尺寸，一种是新书（一般大小），另一种是文库本（随身携带大小），它们之间的价钱大概差了一倍。

> 在台湾带书出门还真有点麻烦，台湾的书籍太占包包的空间了，就连想装一下文学气质都懒。

尽管新书定价颇高，不过幸运的是日本有很多二手书店，一本一百日元的书籍琳琅满目，没事就可以去挖宝捡便宜，喜欢就通通带回家。神保町还有一条古书街，我有一次在这儿意外发现来自台湾的童话故事书，还有附注音符号呢！另外，专门贩售某领域类书的书店也很多。

↑ 法文书的专门书店

↑ 旅游书的专门书店

日本，我来啦～～～！
台湾女孩的留日闯荡手记

台风再大 都阻止不了 上班族

在日本想放台风假？作梦还比较快！或许应该这么说，日本人搞不好根本不知道什么是台风假哩。

曾有朋友从台湾来找我玩，但却非常不巧地碰到超级大风雨，就在全东京即将陷入一片混乱之际，我跟朋友还悠哉地躲在东京铁塔选购伴手礼。没想到随后就是悲剧的开始，伞一撑开的瞬间就开花爆掉了，好不容易到家了，发现阳台上的衣架全被强风吹了下来，而阳台的积水也快要漫进屋子里，一整晚都听见狂风乱吼叫的声响，不得平静，而这却还不是台风！当真正的台风来临时，我就更惊恐了，走在路上完全是被吹着走，裙子也自动上演玛丽莲·梦露的戏码，被掀到遮住视线让我看不见前方的程度。电车也不断误点，风更是大到房子都在摇，住在八楼真不是开玩笑的，没良心的老妈还远从台湾打电话来取笑我！风雨过后，隔天路上到处都是扭成一团的雨伞和垃圾。

就算遇到以上的种种恶劣天气，日本人还是得拼着老命去上班。电车车厢内夹杂着雨水、汗水的混浊空气，大家湿淋淋地贴在一起，这滋味还真不好受。在日本，政府不会发布放假的应变消息，而是由各公司行号自行评估决定，除非是与咱们台湾气候较为相近的冲绳地区，否则基本上日本很少有机会放台风假。不过这样也好，也就不会发生因为政府太晚宣布，搞得大家好不容易抵达公司，一身狼狈打卡那瞬间却又被赶回家的鸟事。

台湾人赚到台风假就立刻组团唱歌看电影，或是即使公车内漏水也照样行驶的乐天性格，更是日本人完全无法理解的境界。在日本，虽然电视新闻不会像台湾媒体这样危言耸听，把台风形容得很可怕，但是只要看到主播那张严肃以对的脸孔，就让人一点也不敢掉以轻心啊！而且住家公寓的电梯里也会张贴提醒公告，告诉住户这栋房子曾经有阳台的盆栽被吹落或破掉，经过这一番电视跟公寓的轮番威胁后，我很担心自己会不会就这样死在这间屋龄四十年的老房子里也没人知道。

永远**以客为尊**的服务态度

日本服务业的细心周到，令人心服口服地竖起大拇指给他们一个"赞"！台湾的店家才不会管你要不要买，有些餐厅人员甚至边吃饭边抽烟，同时等着客人上门，这也是很正常的情况。一位日本友人到台湾旅行后的感想是："夜市老板都摆着一副臭脸耶，而且结账时钱都用抽的，好像是我欠他一样。"不过，台湾人哪会在乎这些细节，只要东西好吃就一定还会再来光顾。同样情况如果换成是在日本，店员可能当天就被炒鱿鱼了。

然而，有些店员实在是招待得太过头了，反倒令我不好意思了起来。刚抵达日本的第一天，我赶紧前往电信公司申办无线网路，没想到女店员居然两脚屈膝、直接跪在我面前为我详细说明，当时我真的过于惊讶，心想"我又不是来买鞋子的，而且好歹大家都是爸妈娇养大的女孩，何必这样呢？"以至于根本听不进她所说的话。

我也曾趁着百货公司大特价时去采购衣服，但由于经济拮据，很克制地只买了一件上衣。没想到结账时店员还对我说："辛苦了！お疲れ様でした（喔姿咖泪撒吗得西搭）"结完账后，店员竟然坚持不让我拿提袋，非得陪我一起走到店门口后，她才深深一鞠躬并将提袋交到我手上。虽然当下有一瞬间产生"等一下店门口大概会有辆马车来迎接我"的虚荣感，可是我还是觉得这道手续实在是太浪费时间了。

日本女店员的声音，几乎每个都一模一样，远远地就可以听到她们提高八度音、挤出假到不能再假的甜美笑容大喊"本日商品全面半价喔，请来看看喔！"好笑的是，有时候高音撑不下去了，最后几个字的尾音不是飘到东京湾去了，就是来个大破音。大特价期间，各个店家的竞争更是激烈，位置刚好是正对面的两家店员更会铆起来 PK，比看看谁的声音比较大，谁的声音可以维持得比较久。最厉害的是，当她们和其他同事在讲话聊天时，声音居然完全变了样，几乎是从志玲姐姐瞬间变成俐菁姐。（别打我啊～）后来当自己也在日本服务业打工时，就更能深深体会她们的辛苦了，店长前一秒还笑眯眯和客人鞠躬道谢，下一秒回头就翻白眼说她快累死了。

↑ 日本的百货公司超级热闹，根本就像是高级传统菜市场。

日本，我来啦～～～！
台湾女孩的留日闯荡手记

有一次，我站在车站前等朋友，有个女生突然凑了过来递上她的名片，原来她是美容院的发型设计师，正在寻找练习模特儿。在日本，发型模特儿可以向设计师指定自己想要的发型，而且完全不用付钱给设计师。设计师通常都会自行上街寻找模特儿，不过需要提醒大家的是，也有些不法分子用这一招来骗财骗色。当时，我想到在日本随便剪个头发都要2000日币以上，现在终于逮到机会可以修剪半年多没整理的一头乱发，光凭这点我就毫不犹豫直接点头答应。（当然，回到家还是上网搜寻一下，看看评价。）

到了约定当天，设计师相当专注地倾听我的想法，而且也会给我一些建议，我们很快就决定好头发的颜色和造型。设计师没有收取任何费用，甚至还自掏腰包准备零食和饮料给我。发型完成之后，开始进行摄影工作，在照片登上她们网站前，设计师还先拿照片问我觉得怎么样，并且希望以后我还能当她的模特儿。

从那次的美容院体验之后，我还去过别家，发现日本的美容院都没有设置个人小电视，而且店里的音乐也都不会太大声，整体环境很舒适，不过有时候太安静了，反而让人有点不自在。反观台湾，前阵子回台时顺便重染头发，店员记错预约时间就算了，没想到还让我坐着等了半小时，而设计师则是忙着吹上一个客人的头发。还好最后她送了一罐保养品当赔罪，这也是在台湾才有的好事。

065

各种名目的 黑心账单

"无论什么都要钱",这句话已经跟日本画上等号。日本人赚得多也花得多,而且几乎一半以上的收入最终都还给了日本政府。

先以手机账单为例吧!日本人非常热爱国货,甚至连 Nokia 都没听过,因此电信公司和手机厂牌几乎都是那几家,没有什么其他选择。月租费可以自由搭配手机优惠及依照自己使用频率进行选择,不过如果选择 999 日币方案,就是每个月从 999 日币开始起跳算钱,而不是像台湾一样从 0 开始算,超过 999 之后才再往上加。所以虽然我在日本买了超阳春的零元手机,可是每个月账单一来还是两千多日币(相当于可以吃一个星期的便当)。如果是绑两年合约,但却没有用满两年,得缴上一万日币的违约金,所以有些短期滞留日本的人宁可再将号码转卖给别人。

就连水电费的算法也是如此，平均一个月的电费要花费2000日币（可以吃上一个月的吐司），所以我出门前绝对会拔掉插头省电，就连冰箱也不放过。直到最近，我才发现一个更省钱的方法，由于日本的家用电量费率可以自由选择，有一个月两百日币起跳的，也有两三千日币的，只要超过该算法的负荷瓦数，家里就会跳电。我只有一个人住，实在不是用电大户，于是我打电话请电力公司来帮我换成基本费比较低的瓦数。不过，光是打电话跟日本人沟通就是个问题了，而且搞了老半天还得打电话先得到人在台湾的房东的允许才行。我不厌其烦地打电话给房东，结果房东很豪迈地说："**随便你啊！交给你自己决定喔！**"就这样，我又浪费了国际电话费，不过此后因此可以小省一笔钱来买米。

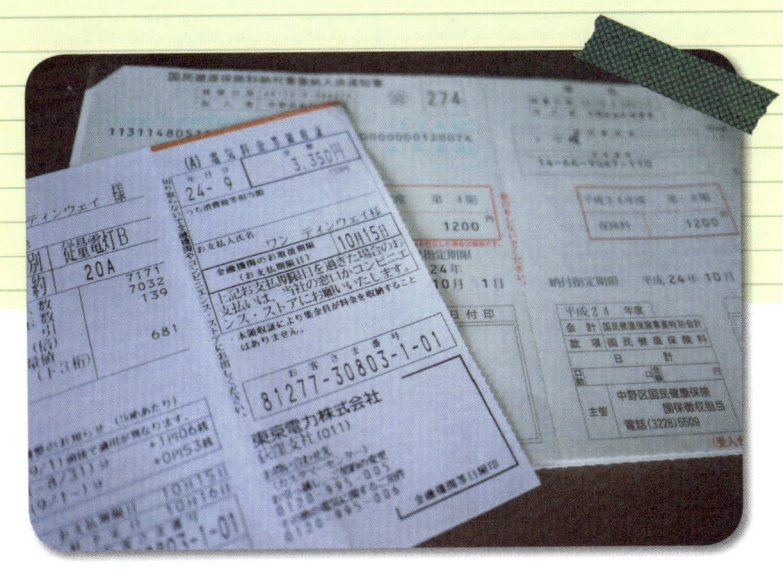

还有，最可怕的医保费！在台湾，只要乖乖缴医保费，一般诊所的挂号费只要 100 元台币左右；在日本，看一次医生就要一两千日币，医院着实是专属有钱人的场所，像我们这种有一餐没一餐的穷苦留学生，千万要好好照顾身体，否则就连感冒看医生都是一种奢侈的举动啊！如果是第一次去那家医院看病，还要另缴类似入会费的额外费用，一想到这些头就更痛了。

日本医保费的收费标准，随着居住地的不同而有所不同，像我住的中野区每个月要缴 1000 多日币的医保费，而且还是在我申请无收入证明之后才调降的，原本是每月 4000 日币。至于日本国民就更惨了，公司会统一每个月直接从薪水里帮员工扣医保费，大概是一两万日币跑不掉。我有认识的日本人连续两年都没缴医保费，虽然他没被处分，不过大家千万别学他啊！

什么都卖的自动贩卖机

日本，我来啦～～～！
台湾女孩的留日闯荡手记

日本的连锁饮料店很少，不像台湾几乎每走几步就有一家这么密集，所以他们到处都会设置自动贩卖机，甚至住家门前可能就会有一台自动贩卖机。

有趣的是，明明就是同样的饮料，但随着放置地区的不同，价钱也跟着变动，所以一定要睁大眼睛看清楚才行。只要遇到烟火大会之类的大型活动，周边车站的饮料自动贩卖机就会大排长龙，等到终于排到自己时，往往会发现所有饮料的按钮都已显示"**售完**"。

被手工饮料店宠坏的台湾人，或许会想说罐装饮料有什么好喝的，不过，日本的自动贩卖机竟然还有卖玉米浓汤、红豆汤，甚至还有罐装关东煮！（据说很好喝，不过我再怎么想都还是觉得怪。）冬天的时候，我常常一边走路一边捧着热乎乎的罐装饮料去上学。有一次我在自动贩卖机前投入硬币，但饮料却迟迟没掉下来，过没多久，从贩卖机里走出了一个人，原来是补货小弟。当下我尴尬看着他，然而他却亲切地将热乎乎的饮料交到我手中。

日本的自动贩卖机不只有卖饮料，其实贩卖机什么都有卖，举凡啤酒、香蕉、花束、螃蟹等等，日本人的生活已经完全脱离不了自动贩卖机了。

日本，我来啦～～～！
台湾女孩的留日闯荡手记

↑ 也常常出现在艺术创作的题材中。

生活,什么情况?
Chapter 04

072

Chapter 05
住家，什么情况？

全都缩小一号的房间

日本房租的昂贵程度真是令人叹为观止，特别是东京都内的房子，只要位于主要铁路沿线附近，每月租金几乎都要七万日币起跳。更心酸的是，房租跟房间的大小完全不成正比，像是月租金十万的房间，面积也不会超过十五平方米。房间虽然很小，但是各种设备都有，厕所、浴室、厨房一定备齐，可说是"**麻雀虽小，五脏俱全**"。需要特别说明的是，日本物价较高，大家几乎都是自己下厨，所以厨房很重要；厕所和浴室也是分开的设计，主要是卫生考量，日本人到国外观光时，反而会对国外将浴室跟厕所摆在同一空间的设计，感到不可置信。

住户刚搬进房间时，内部绝对是空无一物，除了冷气之外，洗衣机、床、冰箱等等全都得自己买，所以光是房租和添购家具，第一个月的开支就可以超过三十万日币。此外，中介跟房东又非常抠门，房子成交时必须付给房东一笔礼金（大约是一个月房租的价钱），感谢他把房子租给你（这到底是什么歪理？），然后还必须付给中介介绍费以及押金，而且押金在之后退租时并不会全额退还，对方会抽一点出来当成清洁整理费。

以上是两位日本友人的房间，都只有四坪左右，月租却都要价十万日币。

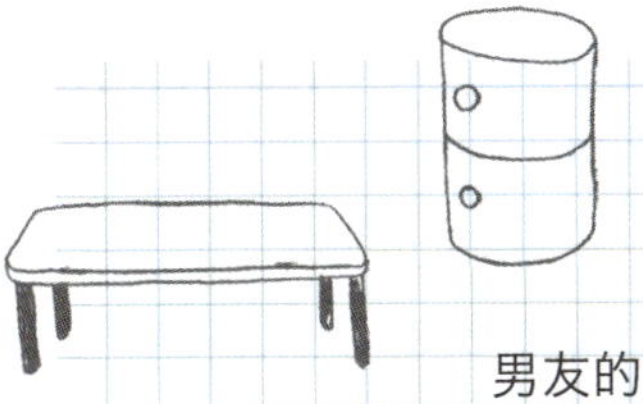

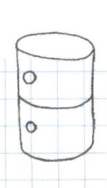

日本，我来啦～～～！
台湾女孩的留日闯荡手记

男友的租屋处（大约三十平方米）因为不在东京都内，价钱相较之下算是便宜很多，一个月连车位为八万日币，内部隔间为客厅、卧室、厨房，对面还有超大的公园。

最最最幸运的大概就是我了吧！即将出发去日本的前几天，妈妈的朋友的朋友刚好在东京有间空房，而且房间空下来的日期刚好就是我抵达东京的那天。一听到这个好消息，我很兴奋地打电话询问价钱，随即傻眼，居然要九万日币，台湾的一般上班族都没有赚这么多吧。正当我在旁垂头丧气，担心是否就要流落街头的同时，妈妈使出了欧巴桑的杀价本领，没想到悲情牌这招竟然奏效了，因为房东年轻时也是一个人来到东京辛苦念书，于是最后以六万七千日币成交。

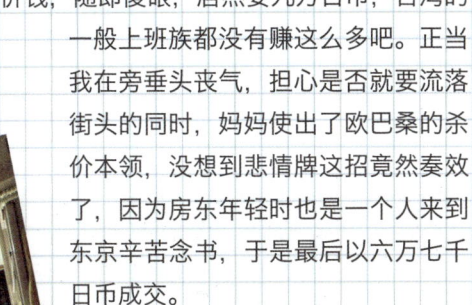

我的房间有十坪，一个人住真的有点奢侈。而且家具几乎都有附，我只买了电视。

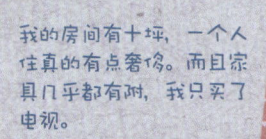

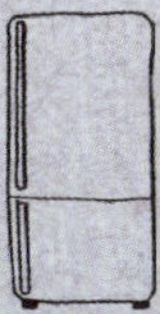

搬进去之前,我完全不知道房间到底长怎样,事后回想觉得自己还真是大胆。后来才知道这房子的屋龄已经四十不惑,就连管理员都很骄傲地跑来跟我说:"很厉害吧!连3·11地震都没事!"从家里走到最近的车站只要一分钟,不过由于沿路的高楼大厦很多,所以风特别大,有时候走到车站都已经变成疯婆子了。

我的房间位于八楼,从阳台看出去的景色还不错,天气好的时候甚至可以看到富士山,冬天下雪的时候更是白茫茫的一片,真的有来到国外的感觉。有生以来,在东京第一次看到下雪的早晨时,当下真的超兴奋,没注意到自己只穿着睡衣,就赶忙拿起相机走到零度以下的阳台疯狂拍照。不过,久而久之对于下雪也就麻木了,甚至开始讨厌,因为很容易在路上滑倒,而且电车又会误点,实在很懒得起床上学。

垃圾分类考倒你

日本垃圾分类的规定非常复杂，例如星期一只能丢可燃物、星期三丢纸类回收等等，而且这些规定会随着居住区域的不同而有所改变。更有趣的是，社区没有像台湾一样会定时现身的垃圾车，也不会出现有人在垃圾车后面追着跑的慌张景象，他们集合垃圾的地方竟然就在"路边"，不知道详情的人可能会因为路边竟摆满一包包垃圾而傻眼，甚至对日本的好印象大打折扣。不过，我觉得最厉害的是垃圾完全不会发臭，因为这里的气候比较干燥，蟑螂也很少出没呢！（由于蟑螂在日本实在太少见了，许多日本人一看到蟑螂完全不知所措，只会呆站在一旁。）大部分是规定早上才能将垃圾放在路边，不过偶尔还是会有人前一晚就偷偷摸摸地先拿去放了。

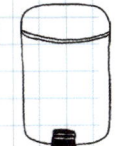

至于我住的公寓就比较方便一点，设有专属垃圾场，所以只要做好垃圾分类，并且放进对应的垃圾桶里，每天都可以拿去丢。不过，最麻烦的是保特瓶要完成三个步骤后才能丢，首先要把外面那层塑胶套拆下，再来要把瓶盖另外回收，最后才能将空瓶丢到垃圾桶。至于厨余，日文叫做"生垃圾"，一定要先用报纸层层包起来之后才能丢。另外，我发现日本人最常丢的垃圾竟然是周刊漫画。

大型垃圾，对日本人而言也是一大负担。日本人不喜欢使用别人用过的东西，所以搬家前几乎必须把所有电子用品、床、桌椅等等全部丢掉，但是又不能像在台湾这样，大型垃圾就算随便乱丢，也自然会有需要的人捡去用，因为他们只要随便乱丢，可能罚金就跟着来了，所以大多数人都会请搬家公司处理。搬家公司的费用非常贵，搬一次家大约会花上一万多日币，但日本人还是会请搬家公司处理。

日本人不喜欢二手家具，但是他们却很热爱二手衣跳蚤市场，一件衣服两百日币就能买到，实在很划算。之前我为了准备回台，也进行了搬家大出清，将所有的衣物拿出来卖，全都只卖一百日币，三个小时下来赚了两千日币。意外的是隔壁摊也是台湾留学生，而且来自台湾的寻宝客人也很多，她们一开始还跟我说英文，拿出计算机问我价钱，后来知道是同乡之后，我爽快地让她们杀价。

隔三差五来敲门

日本的治安虽然还算好，不过还是可以常常在新闻看到情杀案或是变态狂侵入民宅等等事件。因此我在家时都会特别提心吊胆，毕竟知道我家住址的人也就那几个，如果突然有人"叮咚"按了门铃，我都会偷偷先从小缝观察再开门。

这栋公寓的管理员是个老伯伯，上班时间从早上九点到下午五点，星期六只有上半天班，星期天休息。我刚来日本的时候，日文还不像现在这么好，每次遇到有工人要来维修或检查时，管理员伯伯都会陪同他们一起上来，而每次一来他就又会开始述说这栋公寓的历史了。

由于管理员平日五点就下班了，所以五点之后前来推销的业务员，他根本就管不到也挡不了，结果无论是保险业务、第四台推销或是无线网路销售全都样样来，最后我都跟他们说："我没办法决定，这要问我台湾房东才行。"他们才肯离开。还有一次保全公司来检查火灾警铃，他们来之前我正在做早餐，不小心把热狗烤焦了，整个房间都是烧焦味，当下却也只能很尴尬地开门让他们进来房间。

又有一次，家里的电铃又在奇怪的时间响起，我小心翼翼地从小缝看出来，完全没看到任何人，当下超紧张的，后来我再仔细一看，竟然看到半边手臂，这下我真的吓坏了！赶紧打电话给同样在日本的台湾朋友求救，电话讲到一半时，门铃又再度响起，稍微冷静想了一下，猜测或许是当时正在冷战期间的男友，可是下一秒心里又提出质疑：他怎么可能大老远从横滨跑来？（相当于坐电车从台北到新竹的距离。）我试着打电话给男友，没想到还真的是他，从电话里就可以听到从门外传来的同步现场，但他却嘴硬说自己在附近车站而已，于是我也就赌气坚持不开门了。

临时跑去朋友家拜访，结果朋友不在家。意外发现他家电灯却忘了关，一时兴起写张纸条贴在他家门口。

Column 喷饭对话篇

日本人常误解台湾人的地方……

没来过台湾的日本人,其实对台湾感到很陌生,甚至已经到了令我觉得不可思议的地步。不过,也觉得似乎该反省一下,思索还可以做点什么,使台湾这个可爱的小岛让更多人知道。

以下是我和几个日本人的对话

Round 1

日本朋友:"我之前去台湾,觉得台北人跟高雄人长得不一样耶~"

我:"啊?哪里不一样"

日本朋友:"高雄人长得好像菲律宾人喔!"

(作者:拜托高雄人与菲律宾人请息怒)

我:"哈?南部人比较热情是真的啦,可是没这么夸张吧!"

后来网友说高雄车站附近常有很多外国人聚集,所以搞不好他是真的看错,误以为东南亚的朋友全部都是高雄人。

Round 2

日本朋友:"台湾人都用什么吃饭啊?刀叉吗?"

我:"筷子。"

明明这人拿筷子的方法比我还不正确。

Round 3

日本朋友:"台湾没有冬天吗?"

我:"当然有,温度虽然没有东京低,可是湿度很高,所以感觉更冷。"

日本朋友:"那会下雪吗?"

我:"只有山上才会下雪,而且我们的玉山比富士山还高喔!"

硬是要赢日本。

Round 4

日本朋友:"台湾女生是不是不太会做饭?"

我:"……可是我妈妈煮的饭是全世界最好吃的喔!"

对我来说好难反驳的问题。

Round 5

日本朋友："听说台湾女生就算有了男朋友，也还是会有备胎？一个负责陪逛街、一个负责接送。"

我："你到底是从哪里听来的啊？或许是有这种女生存在，可是不代表每个台湾女生都是如此。而且，日本女生才可怕咧！你看你看！"

此时我们在一家老板来自意大利的小酒吧，而旁边就有四位女生一直缠着刚刚才初次见面的外国人，手都搭在对方腰上，挤眉弄眼。

Round 6

跟日本人讲话时，突然台湾的朋友打电话来。

我："哈啰！好久不见～～～！@#$%^&*()"

挂上电话后……

日本朋友："你刚刚说的是台湾话吗？"

我："不是耶，我台湾话说得比日文还烂。"我连"窗户"的台湾话都不知道怎么说。

日本朋友："诶？台湾人不是都会说台湾话吗？"

我："没有耶……年轻人大部分都说普通话，老师上课也是用普通话。"

Chapter 06
穿着，什么情况？

尖头鞋才是王道

走在日本街头时，真的要特别小心，万一不小心被尖头鞋男们踢到，而你又刚好穿着露趾凉鞋时，被踢到的瞬间表情绝对会扭曲狰狞到认不出自己。每天早上搭电车时，我一边战战兢兢地和尖头鞋男保持安全距离，一边研究起他们的鞋子，一排看过去，从欧吉桑到菜鸟新鲜人全都穿着闪亮亮尖头鞋。根据日本友人的说法："尖头鞋才是时尚的代表。"于是我再仔细深入观察，好像看起来比较随便一点的男生都不穿尖头鞋，而是穿圆头鞋呢！

日本，我来啦～～～！
台湾女孩的留日闯荡手记

　　而我也不得不称赞日本男生穿西装真的很帅，合身剪裁，走起路来腰都挺得很直！不过，这也是个陷阱，因为平常都穿西装上班的人，到了假日出门时的穿着打扮究竟如何，我们根本不得而知，根据经验往往都是令人难以费解的打扮。此外，日本的男生几乎都是搭电车上下班，头发都整理得好好的才出现在大家面前，完全不需要忍受骑机车戴安全帽、刮风下雨的风险。若想看到日本男生的真面目，一定得趁他洗完澡后刚踏出浴室门口的那瞬间。

087

日本男生因为大多个子较矮、眼睛较小，先天就输了一大半，所以每个人都很拼命想打扮自己，而且非常害怕变成秃头。我家的日本男友每天洗澡都要花半小时以上，因为洗完头还要用电动按摩器去按摩头皮，吹干头发后还要喷防止掉发的喷发剂。（可是他的头发明明超多的～）现在，年轻一代的矮个儿男生流行把头发抓得高高的，戴上粗框眼镜，穿上衬衫，讲话有点油腔滑调，这类型穿着的男生在日本叫做"**チャラい**"（车来了），意思是行为举止有点轻浮，不过实际上却意外挺受欢迎的！

第一排左右的人即是代表。

而另一种天生幸运长得比较高的男生，他们走的是不修边幅路线，留个络腮胡，头发长到可以绑马尾，或者懒得整理头发随便戴顶帽子就出门。这类型的男生如果幽默风趣又有钱，那可就如鱼得水了。

最后是近几年来在日本越来越多的冲浪客，很多冲浪客还会特地飞来台东玩冲浪。冲浪客就是平时把身材隐藏得很好，但是到海边一脱即见分晓，皮肤晒得黝黑，有点肌肉的阳光男孩穿上简单T恤就很有味道。

活在异世界的少女

　　也许是日本人的压力真的太大了的缘故吧，只要不是上班上学日，女孩们就会穿着千奇百怪的服装跑出来吓人。大致上，可以分成三种类型：一、把黑眼圈当眼线画系；二、自以为公主系；三、漫画宅女系（而且有时候还会成群出现）。这三种类型的女生出现的场合，并不是类似角色扮演外拍这类的活动，有时候可能只是出门逛街、唱歌而已，就会打扮得这么夸张。而这些女孩们的男朋友的穿着，也不容小觑，一眼就能看出他们是一对天生绝配。其次，稍微克制一点，但却又想装点可爱的女生，就会在包包上挂上一只熊，而且一定要是迪士尼的系列商品。

日本，我来啦～～～！
台湾女孩的留日闯荡手记

091

日本女生不大喜欢露脚趾给别人看，如果她们穿了露趾鞋，也一定会为脚趾甲涂指甲油，不然就是穿上透明丝袜或短袜。上次回台湾时，我穿着高跟凉鞋配上蕾丝短袜的日系打扮，没想到被朋友批评："这在台湾只有阿嬷才这样穿耶！"他说完立刻被我翻了白眼。话说，日本的袜子每双都设计得好可爱好梦幻，每次去袜子店都很想直接抓一把拿去结账。

　　除了不喜欢露脚趾外，她们也不爱穿着暴露，通常都会把心思花在小地方，例如复杂的编发和越大越好的发饰，以及浓到无法认出素颜的妆。

日本，我来啦～～～！
台湾女孩的留日闯荡手记

日本女生的穿着风格分为 VIVI 杂志辣妹系和 MINA 杂志无害系。辣妹系就算天气再冷，还是可以照常穿短裙（而且不穿裤袜）。无害系则是不管几岁，都还是会穿上有梦幻蕾丝或者蝴蝶结的衣服。总而言之，"**不化妆不出门，卸了妆吓死人**"是日本女生厉害的地方。

到了夏天穿浴衣时更是争奇斗艳。

↑ 我很入境随俗。

比大人还时尚的小孩

走在路上，常常可以看到一群年轻妈妈各自推着娃娃车，有说有笑的和乐氛围。不过你知道吗，她们心里却是在暗自比较谁家小孩打扮得最可爱。看不出有这么勾心斗角吧？妈妈为了让自己的小孩比别家孩子出众，只好偷偷瞒着老公为孩子置装，有些小朋友身上的所有行头加起来甚至超过十万日币。类似这种散尽家财的行为，只要换来路人的一句称赞"卡哇伊～"，妈妈就会觉得一切都是值得的。

混血儿小朋友在日本更是受欢迎，看到都想直接掳走带回家。

日本，我来啦～～～！
台湾女孩的留日闯荡手记

　　日本小朋友的眼睛都小小的，小脸圆嘟嘟，他们讲的日文我都快听不懂，可爱到让我招架不住。幸好我是女生，小朋友的家长因此比较没有防备心，非常乐意让我帮小朋友照相。我在婴儿用品店打工之后，更是可以天天都有小朋友自己送上门来，只是听见他们一起哭的状况，也是一件超可怕的事情。

比起好天气，我更喜欢下雨天时出门，因为一堆穿着五彩缤纷雨衣的小朋友会纷纷出没。

不过，穿得再怎么时尚，有时候遇到"番仔"讲不听不停在地上打滚的死小孩，也只能摊手叹气冒青筋。

穿着：什么情况？
Chapter 06

Chapter 07
打工,什么情况?

面试官的怪问题

　　如果你比较没有经济压力，房租三餐等生活费还有爸妈帮忙援助的话，在日本就算只是打工，都能存到一笔不小的收入。一个月大概可以赚到二十万日币，而且好一点的店家甚至会补助员工车马费。一开始我瞒着人在台湾的老妈，默默打工存起了私房钱。不过，碍于我的身份是留学生，日本政府规定留学生一星期的工时不能超过28小时，所以赚的钱也有限。（而且如果工时真的到达28小时，我想应该也没时间念书了。）

　　我在第一次面试的前几个晚上，拼了命地猛背"**面试必胜万用句**"，而且面试当天也认真挑选了合适的服装。虽然在前往面试地点的途中意外迷路了，幸好最后还是准时抵达。那家意大利餐厅的店长染了一头金发，看起来还算年轻，又高又壮。一坐下，他就自顾自看起了我的履历表，并且称赞我的笔迹很好看（有生以来第一次被称赞字写得好看，还好几乎都是汉字）。接着，他突然问我："你是什么血型的？"我差点要说出"哈？"很怕是自己听错，不过还是回答了"A"，他点点头似乎很满意。问完了血型，接着又冒出"你会喝酒吗"这样的问题，看来喝酒在日本真是盛行啊。

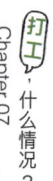

后来，我才知道日本人最爱聊的话题前五名，当中就包括了血型。之后顺利在这家店工作后，有次我问店长当时为什么知道我是 A 型后很满意，他说："因为听说 A 型比较认真啊！虽然事实上从你身上根本看不出来。"哎，早知道我不问他了。

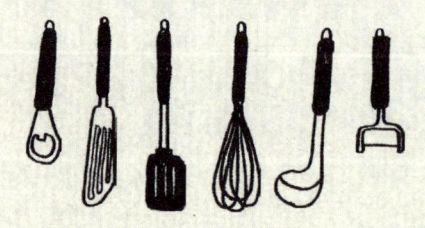

在日本求职，一般都会要求亲笔写履历表，字迹也是很重要的评分标准。

打工·什么情况？
Chapter 07

不过，能在这家店打工真的很幸运，下班后大家会一起在店里吃披萨、喝啤酒，还可以喝到店长自酿的梅酒。此外，店长曾在美国留学，所以我们偶尔也会用英文沟通，像是我突然忘了日文单字或是为客人点餐时来不及写日文，这些时候我都会直接写英文。

相较之下，有些朋友的打工经验就惨烈多了，像是有朋友曾经在面试时，履历表直接被老板丢在地上，藐视他的日文程度；或是顺利录取之后，却被寿司店老板用冰块砸脸；还有朋友在汉堡王被客人打电话投诉，明明不是自己犯下的错，却还要写悔过书，以上种种的辛酸血泪，都是真实发生过的故事。

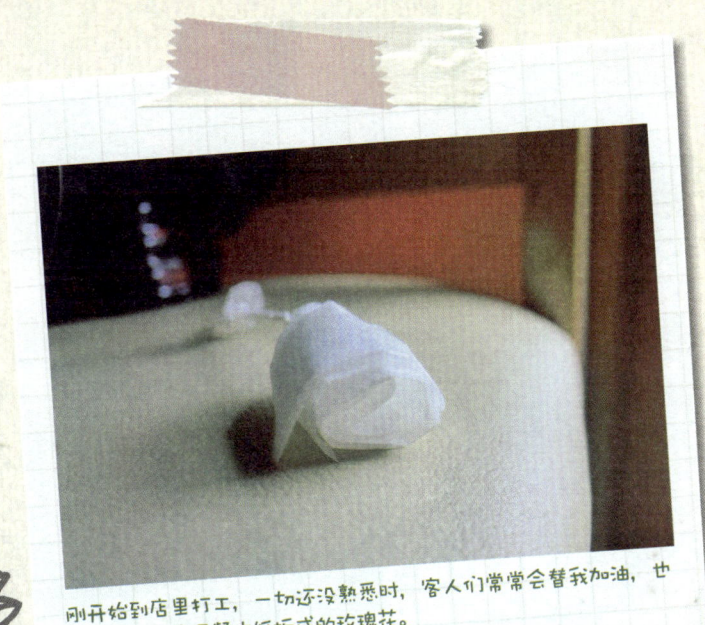

刚开始到店里打工，一切还没熟悉时，客人们常常会替我加油，也曾经收过用店里餐巾纸折成的玫瑰花。

外拍模特儿的世界

虽然我不是专业模特儿,但从高中时期就陆陆续续接一些小CASE,甚至直到出发去日本的前一天,我都还在摄影棚里工作。不过,我从未想过自己竟然会在日本从事模特儿的相关工作。身边有认识的朋友曾跟模特儿公司合作过,于是我也就比较心安地透过网路应聘工作,当时应征的是"东京地铁沿线美女"单元(虽然讲出来很不好意思),后来却应聘上了外拍模特儿,跟原本的应聘项目毫无关联。

日本，我来啦～～～！
台湾女孩的留日闯荡手记

　　日本的外拍活动称为"**摄影会**"，形式大致上跟台湾一样，不是一对一就是多对一，参加者几乎都是多金的中年秃头男子，不过，千万不可小看他们的摄影技术哟！我在台湾参与外拍时，曾见过携家带眷的摄影师，女性摄影师也不在少数，甚至还会要求模特儿的男友协助拿反光板（顿时变成工作人员）。在日本，外拍模特儿如果想要赚钱、成名，达到目的的不二法则就是否定自己有男朋友，脸书上的感情状态永远显示单身中，一切就是为了让中年男子对她们存有恋爱的幻想。

　　无论在哪个国家，模特儿这行比其他行业更容易被吃豆腐，甚至是骗财骗色，凡事都更要小心。正当的公司绝对会派工作人员在拍摄现场盯着，而且一定会准时开工、准时收工。摄影工作结束后，还会叫计程车全体一起离开现场。日本的外拍规模比较大，砸的钱也比较多，通常会租下一整个摄影棚，而内部的造景和灯光都事先设计得相当完美，可爱到让人想直接搬进来。

103

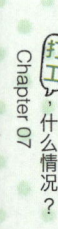

当天结束拍摄时，大家一起合拍了照片，照片中比"耶"的高低其实是有玄机的，这招在日本很流行，比越高代表实际年龄越年轻，我右边的女孩才十八岁！！！

当我坐在模特儿休息室时，其实内心超紧张的，脑海里尽是浮现日剧常见的前辈欺负晚辈的画面。幸好，一起合作的模特儿人都很好，除了打招呼之外还会小聊几句。话说日本女生真的很喜欢称赞别人，虽然到底几分真几分假，我也分不清楚。

总之，很感谢公司让我有了这宝贵的工作机会。

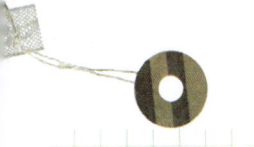

出现了！色眯眯老板

曾有朋友去某家日本人开的中华料理店应聘，但是没被录取，正当朋友为此低潮沮丧时，同样在那家店打工的台湾人告诉她以下这件事。原来是老板曾经谎称自己生日，借故要跟员工们一起庆祝，然而到了约定当天，却只约了其中一名台湾女员工。当时那个女生心想毕竟对方是老板，不好意思直接起身离开，于是就跟老板一起单独用餐。用餐完毕后，老板突然对她说："既然今天是我生日，就让我更加快乐一下吧！"最后结局为何，我不清楚，不过光是听到这里就够让人想砸了那家店。还好朋友没有被录取，否则又有下一个受害者，而且最厚脸皮的是，那家店后来还有持续在招实习生。

接着，再八卦一点。班上有个大陆女生去新宿的按摩店打工，她很开心地跟我说一个月可以赚二十万日币，只是要先付学费学习按摩技巧。当下我一听就知道其中有诈，不过我还是笑眯眯地恭喜她找到工作，因为她得靠自己打工赚取在日本的一切开销。头几天上班都没事，只是听她抱怨手很酸，要穿"**很薄的旗袍**"。有一天她经过其他包厢时，不小心看到了不该看的画面，于是就临阵脱逃了。隔天就把制服还给店家，没想到还被莫名臭骂一顿。

女生一个人身在国外，真的凡事千万要小心，绝对要保护好自己。来到日本之后，周围朋友发生了许多事，要是告诉我老妈，我想她一定马上把我遣送回家。

Chapter 08
文化，什么情况？

★你到底在想什么？

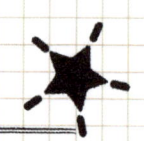

日本人的心思深不可测，除非你把他们的心挖出来看，否则绝对不会知道他们究竟在想什么。京都人更是如此，如果你到京都人家中作客，可千万别傻傻地一直待着不走，通常当吃完饭、喝完茶之后，主人如果问你："要不要再来一杯呢？"言下之意就是提醒你该离开了。如果你客气地回答："啊，不用了，没关系。"主人基于礼貌会跟你说"不要客气啊！"此时如果你不解风情地顺势回答"那我就不客气了。"表面上主人笑笑地帮你倒茶，内心其实是在呐喊着："你怎么还不走啊！"

这就是京都人的美德，希望对方能够自行衡量，根据场合做出合宜的举止应对。

此外，对日本人提出邀约时也很麻烦，通常对方不会爽快地直接给你答案，而且就算对方原本就不打算受邀出席，他也不会直接说出来，只会回答："嗯……有点……"我曾经在咖啡店念书时，旁边坐了两个日本女孩，从她们对话的用语方式中，可以很明显地看出她们的关系是学姐妹。学姐的声音相当豪迈粗犷，抱怨着公司的男生邀约她出去的事情。学妹夸说："学姐最近邀约很多吗？"当下学姐下巴都快翘起来了地说："嗯……最近还好啦！之前比较多。"此时，学姐的电话响了，正是那个邀约她的男生。学姐接起电话："摸西摸西～"听到后我差点把咖啡喷出来，这真的是同一个人在讲话吗？原本豪迈粗犷的声音瞬间变得娇滴滴的，还真想知道学妹当下在想什么。于是我

继续偷听学姐的对话"啊！不好意思，今天店里临时缺人，我可能不能去了！真的很对不起！请你一定要再约我喔！"语毕豪迈地挂上电话，变回原本豪迈的声音。

你看看，要搞清楚日本人的真实想法，还真不是那么简单！

杂七杂八 的敬语礼节

"敬语"和"礼节"这两点，是我觉得在日本生活最麻烦，也最需要时间适应的部分了。

之前一直以为日本老师糊弄大家，没想到日本人真的超热爱聊"天气"这个话题，因为这是最无伤大雅又最能引起共鸣的话题。可是，如果场景换成台湾，通常会聊到天气都是双方已经辞穷了，才会搬出这话题应急。从每天早上的打招呼礼节开始，夏天早上出门遇到邻居时，他们会说："今天也好热喔！而且闷闷的。"稍微寒暄一阵子之后，再以"路上小心慢走喔！**行ってらっしゃい**（一贴啦下）"作结。刚开始我觉得有点麻烦，不过久而久之也就习惯了，而且觉得这样的关怀互动挺暖心的，于是自然而然回答："那我出门啰！**行ってきます**（一贴ki一吗司）"进阶版的早晨寒暄是，阿嬷还会问我："明天的天气怎么样啊？"这下够厉害了吧！

不过，也不是说看到人都要聊天寒暄，最基本款的礼节其实是点头。在学校、住家等处共处同个环境下的日本人，彼此之间就算不交谈，至少都会点个头打招呼。更有趣的是，就连过马路时如果车子停下来让你先过，你也需要向驾驶人点头示意呢！在没有信号灯的十字路口过马路时，为了自身安全，你得先把手举得高高的，表示自己要过马路了，借此让来往的车辆注意到你（外国人想必会以为日本人在招计程车）。

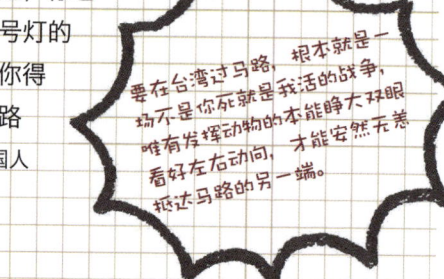

> 要在台湾过马路，根本就是一场不是你死就是我活的战争，唯有发挥动物的本能睁大双眼看好左右动向，才能安然无恙抵达马路的另一端。

鞠躬，更是一门很大的学问哟！日本人的鞠躬角度简单分成 15 度、30 度、45 度：15 度就是一般的打招呼；30 度就是面试或是重要场合上使用；45 度用于表示深深的谢意或歉意。如果对方的社会地位比你高，你鞠躬的角度要比他（她）低，而且时间要比较长。90 度则是服务业目送客人时使用。而跪在地上的土下座，就是犯下滔天大罪时请求对方大发慈悲的手段。此外，还可以常常在路上看到行人突然鞠躬，但却不见鞠躬对象的人影，因为他们讲电话时就算对方看不到，也要恭敬地向电话线另一头的对方鞠躬。我想，日本专治腰痛的药膏贴布卖得特别畅销，大概就是因为这样吧！

最高难度则是敬语，这东西的存在让我又爱又恨，爱在背会了的话会很有成就感，恨在敬语太多了我都记不住。你知道吗？就连日本人自己都不怎么擅长运用敬语，书店更是到处都可以看到关于正确使用敬语的书籍。有时候，反而是我这个异乡人知道的敬语日本人却用错了，让我超想纠正他们——外国人都会，你们可不可以用心一点啊！

★ 意外贴心的一面 ★

　　曾经在台湾麦当劳用餐时,我把包包放在座位上走去柜台点餐,没过多久有两个高中女孩跑过来找我,手上还拿着我的IPOD说:"刚刚有个阿公偷你的IPOD!我们帮你把它抢回来了。"当下的心情真的好感动,只能说自己太幸运了。或许,日本人不一定每个人每时每刻都见义勇为,但是他们只要看到有东西掉在路上,一定会把它放到更显眼的地方,让失主循线搜寻时能马上找到,而且绝对不会乱摆失物,妨碍行人通路。在日本,不用怕东西不见,就算不见了也几乎都可以找回来。

↑ 这是小朋友弄丢的鞋子。

文化:什么情况?
Chapter 08

有时候，在电车上会有喝光的空罐子在地上滚来滚去，此时，就算是相貌凶恶、身上刺龙刺凤的日本人，都会伸手将空罐子捡起来带下车拿去丢，或者立着摆在门的边边。还有一次，我曾经在电车上看过一颗葡萄柚滚来滚去的，车上乘客也都边笑边看到底谁是那个冒失鬼，后来答案揭晓——原来是一个刚买完菜的迷糊男生，他的塑胶提袋不小心破了。

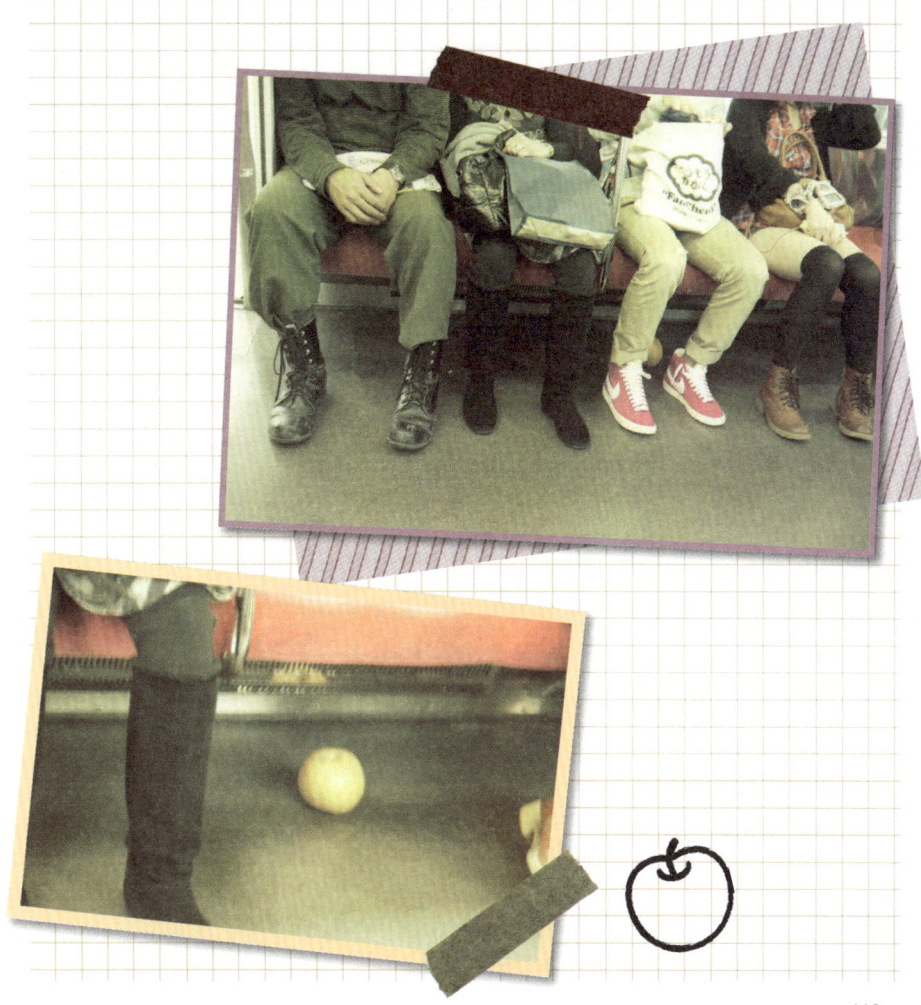

日本人只要答应了对方，就一定会努力达成承诺，并且绝对不放鸽子。跟日本人邀约必须提早一星期甚至一个月就先约好，因为他们对于突然的邀约会感到很困扰，但却又不好意思拒绝。每个人的包包里都会带着一本行事历，随时随地确定行程。先前我在东京举办个人摄影展时，跟我只见过一次面的日本朋友也特地跑来现场参观，他的举动让我超感动，原本还以为他们只是说说场面话而已，没想到竟然真的拨空前来。反倒是熟到不行的台湾朋友，原本答应要来帮忙布置展场，没想到当天竟然睡过头，之后才打电话来道歉，真是令人无奈。所以台湾人给日本人的印象通常是对于时间很没概念，迟到也是家常便饭，甚至不会认错道歉。后来，我只要是跟台湾朋友约时间时，都会晚个五分钟再到；跟日本朋友约时间时，则会提早五分钟到。

日本，我来啦～～～！
台湾女孩的留日闯荡手记

你真的在说英文吗？

如果你觉得自己的英文很破，那么欢迎你来到日本！在这里，你绝对会找回久违的自信，并且不自觉地露出骄傲的笑容。就算是TOEIC满分或是东京大学毕业的日本人，只要一讲英文就会破功。然而，他们通常会觉得自己的发音是对的，等到他们完全无法跟对方沟通时，他们才会想要稍微反省一下。而自觉英文不大好的日本人，当他们听到你说出一口标准的英文时，绝对会拍手叫好并且开始崇拜你，不过如果你是用英文向他们问路的话，情况就不是这么一回事了，他们绝对会立刻落荒而逃。

日本人其实很崇洋，但他们的英文发音破成这样，其实是有原因的。我归纳出以下三点分析：

分析 1

他们连看洋片都宁可选择日语版，也不愿意看原声配日文字幕版，只因为懒得看字幕。

分析 2

片假名使用过多,这对于英语系国家的外国人而言,学日文真的很痛苦。好好的一个"identity"竟然变成"爱登踢踢",知名速食店"mcdonalds マクドナルド"变成"骂苦多纳鲁多",而其中还包括日本人的自创英文"**和英语**",即为只有日本人才懂的英文。

分析 3

太懒惰,什么单词都可以缩写简化,而且随着地区不同名称也不一样。例如前面提到的"mcdonalds",在东京简称"骂酷",在大阪简称为"骂酷多"。便利商店"family mart ファミリーマート"从"发米粒妈客多"简称为"发米吗"。

日本人多多少少有点危机意识,电车广告和晨间新闻都会播放英文教学的单元,书店甚至还可以看到以"**日本人的奇怪英文**"为主题的书籍,试图纠正大家,不过以上方法都效果有限。相反的,日本人觉得台湾翻译外国明星的名字也很奇怪,每次日本朋友问我"强尼戴普怎么念?汤姆克鲁斯咧",当我一讲他们就会哈哈大笑。我心里也觉得好奇,到底是谁来决定这些外国人的中文翻译名字呢?甚至还曾因为这个话题跟男友吵架,因为他们的强尼戴普叫做"纠尼爹普",布莱德彼特叫做"布莱多毕透"。(摊手)

感到最困扰的大概就是讨论到电影的时候，当被问到喜欢的电影时，我根本回答不出来，讲中文他们又听不懂，而英文我又不知道。有一次在男友车上发现一片DVD，上面写着片假名"金姑共估"，一问之下才知道原来是电影"金刚"，这谁猜得出来啊！凡是"G"的音，日本人都只会发成"估"的音。

基于以上种种日本人的英文表现，我被婴儿用品店的社长录用了，因为店里常常有国外的客人上门。每当店员看见外国客人，就会用水汪汪的眼睛向我求救，于是我就成了一台人体翻译机。不过翻译机也会有故障的时候，因为我还是会不小心说出日文，例如客人用英文问："请问你们有卖帽子吗？"我就会无意识蹦出："はい！"（有的）

让人瞪大眼的搭讪方式

如果你以为日本人都很害羞，那可就大错特错了！请先把日剧里的浪漫邂逅场景都先从脑海中洗掉，做好心理准备继续往下看。

日本人的搭讪风格，大致上可分为以下三类：

类型一、语出惊人型

早先一个人来东京旅行时，因为当时跟前男友分手了，我人又在人来人往的新宿，有个身材高挑的超级大帅哥忽然出现在我面前。一开始我还以为他是牛郎，不过应该没有牛郎会拎着御饭团和公事包走在路上。他先问："要不要一起去唱歌？"我摇摇头，"那去喝一杯如何？"我还是拒绝，最后他问："那可以一起喝杯咖啡吗？"我心想起码咖啡店是公共场所，又难得可以被帅哥搭讪，当下就点头答应了。刚开始聊得很开心，他很有耐心地用英文和画画说明表达，不过就在踏出咖啡店门口后，他说："你在东京的这几天，可以当我女朋友吗？"哇，到底把我当成什么？就算我失恋再怎么难过，也还不至于这么缺男朋友吧！

另一个劲爆的故事是，朋友和姐妹淘一起去关岛玩时，遇到了两个日本男生，而且饭店房间刚好就在隔壁而已。她们也是聊到最后竟然在晚上被敲门问说："要不要四个一起？"只能说，他们还真有说出来的勇气。

日本，我来啦～～～！
台湾女孩的留日闯荡手记

类型二、没戏唱型

　　傍晚时刻，这类型男子会自动出没在各个车站周边。某天放学，我正准备搭电车回家时，有个大叔走过来问："可以一起去喝杯茶吗？"当然立刻被我拒绝。又是另一个某天，这次在时尚的银座，刚家教完累得只想赶快回家摊在床上时，肩膀突然被拍了一下，回头看发现是个男生，他的开场白是："好巧喔！竟然会在这里遇到你耶！"但我对他一点印象也没有，他又继续说："你忘了吗？上次我们在AKB48的演唱会上认识的啊！"于是我冷眼看着他，并且目送他离开。

类型三、胆大包天型

某天我走在熙来攘往的新宿车站附近时,有个穿着西装的老伯突然靠过来问:"多少钱?"当下我瞪大眼"哈?"的一声回他,老伯居然继续追问:"不行吗?"后来,他看我一副眼睛瞪得老大快要掉出来的模样后,才默默消失在人群中。

不过,当然也不是所有日本男生都这么坏。我有两个同学刚来到东京时,经常迷路。有一次她们不小心走进了歌舞伎町,也就是以**"进得去出不来"**闻名的风俗场所。就在慌张的同时,有位有点喝醉的金发牛郎走过来,问她们是不是迷路了,当时她们也还没办手机,实在是无依无靠,牛郎主动说:"我带你们走到车站吧。"虽然她们心里很害怕,不过确实也没有别的办法了,幸好最后他们安全抵达车站。不晓得那位好心的牛郎酒醒之后,会不会记得这段小插曲呢?

Chapter 09
恋爱，什么情况？

为了得到他的心，什么事都做得出来的日本女

自从跟男友交往以来，陆陆续续都有人向他告白，而我只能暗地里恨得牙痒痒的。这些主动告白的日本女孩都不怎么好对付，每个人都有一句经典告白台词，像是

A女："为什么不是我？"

B女："为什么要背叛我？"

C女："告诉我这不是真的！"……

我想她们大概都有妄想症吧？其实，我刚来日本的时候，曾和一个日本男生M君有过一段暧昧期，但最后却惨遭日本女孩的毒手，无疾而终。故事内容大概是这样：有个日本女生不知道从哪里得到我的E-mail信箱，她在信里宣称她是M君的女朋友，并且还反问我是谁，告诉我M君很花心，千万不要相信他。（那你就相信？）我当时抱持着好玩的心态回信给她，没想到两人反而开始讨论起M君的为人，甚至意外发现似乎还有第三个女生的存在。直到现在，我还是不清楚事实的真相究竟如何。

日本，我来啦～～～！
台湾女孩的**留日闯荡手记**

大概是从小生活的环境、家里的氛围、所受的教育不同，日本女生贤惠到可怕。她们能够完全牺牲自己，完全奉献，就只为了维持这个家庭。如果是同居的男女朋友，女生就算自己再怎么忙、再怎么晚回家，也一定会煮饭给另一半吃，把家里打理得好好的。去公园野餐或闲暇爬山时，也一定会准备超级无敌精致的便当，把男朋友的胃塞得满满的。结婚走入家庭之后，大多数女生就会把工作辞掉，专心照顾小孩。

反观自己,以前在台湾根本就没有煮饭的习惯,早就习惯过着三餐外食的生活。来到物价较高的日本之后,我开始尽量料理三餐,不过偶尔还是会想到外面餐厅吃饭,却总被男朋友碎念不懂得节省。(男友其实还蛮会煮饭的!)他曾经威胁我:"**想帮我煮饭的女生多的是!**"当下正在切菜的我,很想就这样把菜刀拿到他面前说:"**再给我啰唆看看就吃土吧你!**"(好孩子请勿模仿~)现实状况是,当时我却勉强挤出笑容说:"**我会加油的啦!**"(十足人格分裂倾向)

日本女生的另一大优点是"勤劳",不管是百岁人瑞还是国小生,全都非常勤于化妆打扮。我在这里也跟着入境随俗,没有一天是不上妆的,就算只是出门去脚程十秒钟就能到的便利商店。(死也不想输给日本女孩!)不过,日本女生有可能真的太勤劳了,甚至有些夫妻在结婚前,老公都未曾看过老婆素颜的案例呢!身边更是经常有朋友私下抱怨女友或女性友人的素颜说:"**我完全认不出来那是谁!**"但是根本不敢跟她们讲。如果你非常想要看到日本女生素颜的话,建议可以坐上夜间巴士来趟惊奇体验之旅,车上的女生睡姿东倒西歪,形象也完全不顾了。

我必须说,对于日本女生我真的只能甘拜下风,毕竟,有太多事我怎么样也做不来。

难得素颜入镜的我。某天准备出门上学时,发现自己忘了把刘海上的发卷拿下来,还好在进电梯前一刻及时发现……

所谓的 大男人 主义

　　相信大家对日本男生的刻板印象就是"**大男人主义**",的确,两相比较之后还是台湾男生温柔,无论风吹雨打总是准时接送上下班,生理期来了还会帮忙去买卫生棉,女士优先的态度……然而,我的日本男友却对这些贴心举动提出以下见解反驳:"男生太温柔了反而很恶心,女生才不会喜欢咧!每天上班忙得要死,哪有空接送女友?只是那个来而已,又不是真的动不了,多买一些卫生棉放在家里备用不就好了?如果让女生先吃到不好吃的东西,女生不就变成白老鼠了?"当下我听完愣了好几秒,看着眼前的日本男友,对两人的未来感到些许不安,应该是说对于我的未来感到恐慌。不过,最近正在慢慢沟通,状况似乎有变好的迹象,他竟然自愿来接我下班了。

居酒屋或拉面店的墙上都有附衣架，好让客人可以挂上脱下来的外套，对男生而言，"由女生负责把男生的外套挂上去"是理所当然的，"倒酒给男生喝"也是女生应尽的义务。如果两人都在家的话，也绝对是由女生下厨。日本男生常说："累了一整天，回家有人煮饭给我吃，实在是一大幸福。"如此一来，便成了名副其实的茶来伸手，饭来张口。另外，日本男生也不大会帮女生拿包包，同样是为了面子问题。不过，某天男友和我去旅行时，竟然主动帮我提包包，而且那天我刚好背着完全不带阳刚味的水蓝色托特包，大概他那天的心情特别好吧！其他像是我工作太累，他竟然跑来我家煮饭给我吃，类似以上这种好事偶尔会发生，而且都无法预测什么时候来临，只能说是可遇不可求。

我虽然没有和男友同居，但是每次去他家时都是我在问："要喝点什么吗？"然后默默走到冰箱前，心想到底谁才是这个家的主人啊？而男友同样也是日本人的香港朋友，也遇到同样状况，她男友传简讯跟她说："今天我放假，来我家煮饭给我吃吧！"哎，我想我跟她都有自虐倾向，或许该看个心理医生，明明在台湾可以天天去夜市吃饭解决，来这边之后却甘愿被当成佣人。

原本我连打蛋都不会，为了男友竟然还去买了食谱钻研。就算他不帮我洗碗，但是当我听到他说："好好吃喔！好想每天都吃到。"我就投降认命了。

以下是我的料理进化史！

1. 从煎过头的早餐
2. 到有点像样的三明治
3. 到自创吐司
4. 到家常菜

日本，我来啦～～～！
台湾女孩的留日闯荡手记

　　同样是日本男生，差了十万八千里的状况也是有的，这美好的例子就发生在我朋友身上。由于朋友不会说日文，两人到现在主要都还是以英文沟通，不过当她确定要嫁给他之后，女生就这样飞来日本，从头开始学日文，而老公也开始自学中文。那位朋友也是很少下厨型的女生，所以每天晚上都是老公下班回来后煮饭给她吃；她则负责准备隔天中午的爱心便当。最可爱的是，当她决定要拍婚纱照时，他则指着一对新人仰望着假月亮的照片，大笑说："谁要拍这个啊！被朋友看到还得了！"不过，最后还是乖乖跟着老婆飞回台湾，历经刮风下雨终于顺利拍完婚纱照。她老公说，这趟旅行唯一记得的中文就是："下巴低！插口袋！"甚至还现学现卖命令我们把下巴压低咧！

↑ 恩爱的最佳夫妻代表

难懂的日式浪漫

大家应该都觉得日本男生完全不会耍浪漫吧？没错，我也这么认为。说得更准确一点，应该是他们耍浪漫的方式不是梦幻豪华路线，而是偷偷的、默默的，或者是透过很实际的表达方式。

我有一个嫁来日本的女生朋友，她就曾跟我说过以下这个经验。日本的百货公司都会趁冬夏季提供超优惠的折扣，在这期间，女生当然都会想要疯狂大采购，那个朋友也不例外。

朋友老公："你想买衣服吗？"

朋友点点头。

朋友老公："你想要买多少？"

朋友："有预算吗？"

老公："我一星期七千日元零用钱，中餐都是吃你做的便当，晚上也都是在家吃，其实一星期花不到一两千耶。那我把剩下的五千存起来，给你买衣服好了。"

虽然朋友心中的话是："五千？买个两件就没啦！"但她还是决定扮演好妻子的角色对他说："不用啦！你留着用就好了。"

朋友老公："那……三万够吗？"

当下朋友的眼睛为之一亮，虽然最后她免不了失心疯花了更多钱。

另外，我有个在日本念书的朋友之前临时得回台湾一趟，出发前一晚还跟男友诉苦说连到机场的钱都没有。（当然只是撒娇！）没想到男友竟然当真，隔天早上上班前默默将三千日币放在餐桌上。

而我家这位呢，有一次我跟他谈论到结婚的事情时……

我："我老爸总是叫我去考公务员，找个稳定可以吃饭的工作。"

他："有什么不好，要听你爸的话。"但他明明自己也不想当公务员。

我："为什么？我才不要！当公务员一点也不像我，我想要做比较有挑战的事情。"

他："挑战这种事情交给我就好了，我负责养家。"

虽然当时我很想反驳些什么，不过当他说出这句话时，还真有男子汉的魄力，害我很想冲动地对他说："**快娶我吧！**"

其实我和男友差了十岁，他知道我还是学生，比较没有经济能力。有一次决定要一起去静冈旅行时，他说："你不用担心旅馆的钱，我帮你出。"可是其实他不是什么富家子弟，后来他甚至默默趁休假时去工地打零工，两天赚了三万日币，就只为了这趟旅行。这件事令我很感动，更好笑的是事后他却抱怨说："真不知道我到底在干嘛？"我才不知道他在干嘛咧？大概是在害羞吧！

日本男生别扭又不爱甜言蜜语，唯一的例外就是当他们喝醉时。以下的故事就是以我家这位举例：某天凌晨，他跟同事应酬完之后打电话给我，说他想要来住我家。当他一进门，我就闻到全身酒味，而他却坚持自己没喝醉。他说："啊～我脚好臭喔！你会讨厌我吗？"当下我捏着鼻子违背良心摇摇头。接着，他要进浴室洗澡，我正准备把门关上时，他又冒出："啊～你不要走啦！陪我嘛。"于是，我只好坐在浴室外面陪伴这位喝醉酒的男子洗澡。他边洗边说："虽然我们常常吵架，可是每次我一个人的时候就会觉得还是你最重要了。"我把握机会很幼稚地要他跟我打勾勾，要他保证明天醒来还会记得自己曾说过的话。不过，事后我当然连问的勇气都没有，超孬。

　　虽然日本男生真的真的没有台湾男生体贴，也不会说些肉麻恶心的话，可是一旦他们认定了两人的关系，就绝对会负责到底，这也是他们唯一的一大优点吧！

Column 喷饭对话篇

日本人也想当台湾人?

Round 1

日本朋友:"台湾的珍珠奶茶真的好好喝喔!尤其最喜欢西门町的五十岚。"

我:"我也好想喝,为什么日本的珍珠奶茶都那么难喝又贵?一杯270日币,珍珠又不好吃,中华街上卖的还是先放在冷藏库、插好吸管的,员工有没有偷喝过我都不知道。"

途中在浅草经过一家珍珠奶茶店。

日本朋友:"喝喝看吧!我请客"吸了一口……

我:"嗯,这已经是我喝过在东京比较好喝的了。"因为这杯好贵,每一口都好珍惜啊~

Round 2

日本朋友:"我决定明年去台北跨年了!我也想看101烟火!"

此时我下巴抬超高。

我:"不看可惜,每年都超漂亮的喔!那日本的跨年都在干吗啊?"

日本朋友:"在家吃喝拉撒睡,然后去神社参拜而已。"

我:"哈!好无聊喔~"

日本朋友:"对啊,所以我今年要去纽约跨年。"然后,这家伙从纽约跨完年回来后……

我:"怎么样,好玩吗?"

日本朋友:"我再也不去纽约了!"因为他和朋友在纽约的夜店时,居然被对方做的鬼脸吓到了。

Round 3

日本朋友"好好喔~在台湾晚上肚子饿的话,随时出门都还有东西吃,而且都好便宜。"

我:"对啊,夜市超方便的,无论是哪里都有。那么,日本人半夜肚子饿怎么办?"

日本朋友:"忍着继续睡。"

Round 4

日本朋友:"台湾人还是活得比较快乐,今天不开心的事情,睡一觉就忘记了,就算被裁员,再找就好了。"

我:"不然要像你们一样,每天都有人跳轨自杀吗?虽然台湾没什么人跳轨,但台铁还是天天误点啦……唉"顺道一提,我高中三年每天坐电车上学,然而高二期末考那天,我被卡在山洞里40分钟……

日本朋友:"还有啊,对于时间比较不那么严格,这点我超羡慕的。"

我:"为什么?"

日本朋友:"在日本,就算只是迟到一分钟,也会被骂得惨兮兮。"

我:"可是尽管如此,你还是常常迟到啊?"

日本朋友:"好啦,其实我不是日本人!"(笑。)

Round 5

日本朋友:"感觉台湾人都好热情喔,虽然北台湾跟东京一样都是属于比较冷淡一点的特性。"

我:"台湾人最好相处了,而且又不排外。"

日本朋友:"之前我在台湾迷路了,有个喝醉的阿伯就说要骑车载我去车站赶车,而且当时缺一顶安全帽喔。"

我:"什么!那不是很危险吗?"

日本朋友:"而且他中途还去了朋友家打招呼,朋友反而骂他,催他赶快载我去车站。"

我:"我在东京也有遇过好心的婆婆帮我一起提行李,她还说她虽然老,可是还是有力气的,好可爱。"

日本朋友:"我还被卡在阿里山的小火车上,车上的中文广播我根本听不懂,结果有一群高中生就拖我一起下车,然后就变成好朋友了。"

我:"到底是你太厉害,还是台湾人真的那么热情呢?"

Round 6

日本朋友:"对了,你们的发票可以兑奖,如果中奖的话有钱拿,对不对?"

我:"对啊!最小奖有 200 元台币。"

日本朋友:"好聪明喔!这样可以刺激消费。"

我:"还好啦,中奖几率很小,小时候有一次口渴去顶呱呱买可乐,没想到中了八千,在那之后就没中过这么多了。"

日本朋友:"日本的发票一点用也没有。"

我:"是啊,宁可不拿。"

日本朋友:"为什么?"

我:"每天都要记账啊……"好心酸的一句话。